亦舒作品

亦舒
作品
06

亦舒 著

衷心笑

湖南文艺出版社
HUNAN LITERATURE AND ART PUBLISHING HOUSE　博集天卷
CS-BOOKY

目录

衷

心

少女原先都有一个想法，误会尽心尽意爱一个人，
那人会真心回报，事实，当然不。

笑

她有点浮躁，天气渐渐潮热，
原本或可承受之苦楚像彻骨寂寞此刻都不能忍耐。

世上没有永久的事。

衷

爱的欢愉，只得刹那，
爱的悲伤，终身不忘……

心

她相信关系可以持久，
因为，他找不到另外一个她，
她也找不到另外一个他。

笑

一

少女原先都有一个想法，

误会尽心尽意爱一个人，

那人会真心回报，事实，当然不。

二〇五四年。

春季，微雨。

峨嵋匆匆赶到衷心笑事务所，预备带兴一出院。

秘书迎上。"王小姐，请到一号室稍候。"

峨嵋推开一号室门，两排熟悉长凳，一张上已经坐着一个客户。

峨嵋坐到另一张长凳上。

她尽量垂着头，不去看另外那个轮候者。

但眼角已经瞅见，那位人客[1]，欠缺一条左腿，卡其裤在膝上对折。

---

[1] 客人，宾客。

峨嵋不出声。

在一号室候诊者，身份多数与兴一相似，她不想打扰他。

不一会儿，相熟的负责人尔泰走出招呼："峨嵋，这边说话。"她走到角落。

"兴一没事吧？"

尔泰叹口气，双手插到白袍口袋里。"情况不乐观，新三年，旧三年，缝缝补补又三年，兴一已经十二岁，兴十三都快要面世，我劝你订购安三号，那才配你身份。"

峨嵋说："我没有身份，快把兴一还给我。"

"你也太长情了。"

"尔泰，兴一在何处？"

"你下午再来，我把她还你。"

"她想补一个零件——"

"没有位置，本来她只是一个保姆，负责简单工作，照顾一个十岁孩子上学放学，清洁补习吃饭更衣，这十年来添加不少附件，她已能独自持家，进出银行、修理电器……到底年纪大了，你不让她退休，有点残忍。"

峨嵋不出声。

"讲到底，其实，兴一对你并无感情。"

"胡说。"

"她顺从、勤工、尽量配合你的需要，但并不涉及感情，你我老同学，峨嵋，不打诳语，若要谈感情，我们正在研制砒一号。"

"砒？"

"因为，爱情慢慢杀死你，哈哈哈。"

峨嵋没好气。"我下午再来。"

"三时整，把兴一还你，我替她换了油，膝盖手肘几个齿轮也更新，一年内不成问题。"

"一年后呢？"

"那……你就别问那么多了，谁不是过一日算一日。"

身为纳米工程师的尔泰到了春季，也特别多感慨，她走到窗前，轻轻说："谁道闲情抛却久，每到春前，惆怅还似旧。"

她进实验室去了。

峨嵋轻轻吁出一口气，走出角落，把窗户打开一条线，清新濡湿空气钻进，环境专家数十年努力总算有点成绩。

一抬头，见那人还在等。

她轻轻走近，只见他双眼低垂，而带含蓄微笑，分明开关已经闩上。

她坐到他身边。

只见这个型号做得特别精致英俊，长长眉毛、高挺鼻子、深深人中。

他比兴一新款，也许是兴三或兴四。

"不要怕，"峨嵋轻轻说，"他们会治好你。"她伸手拍拍他手背。噫，皮肤做得那样柔软细滑。

峨嵋粗心，她没留意到，那具人型手臂上汗毛忽然竖起。

峨嵋对他说："再见。"

下午再到办事处，他已经不在。

尔泰把兴一交还给她。"劝你家王小姐找个男朋友，别老缠住你相依为命。"

兴一外形娟秀，身段娇小，十分讨好，她微笑答："我同她说过千万次。"

"再见，保重。"

峨嵋挽起兴一手臂。"拜托，以后别搬抬重物。"

兴一不忿。"真没想到会同人类一样，老了就也不中用。"

"谁叫你如此拼搏。"

"搬家工人，都不知我是机械人。"

"你羡慕人类？"

"并不，人类构造实在太过复杂，十万处都会出毛病。"

她们说说笑笑上车。

"为什么一家机械制造公司叫衷心笑事务所？"

"三十多年前，初初营业，是要减轻家务负担，令主妇衷心笑出来，研发到今日，什么型号都有。"

"听说出品包括配合需要的男女伴侣，不顾别的，专门陪你吃喝玩乐，卿卿我我。"

"那多好。"

"生意滔滔，不过同专陪恋爱的真人一样，代价昂贵。"

"是呀，千秋万载，人类去到七大行星，可是，没有金钱，还是什么也不用谈。"

"王小姐，你感慨太多，还是找一个男朋友吧。"

"社会越是进步，男女越是平等，对象越是难找。"

司机问："王小姐，可是回家？"

王小姐回答："还有什么好去处。"

"王小姐心情欠佳，无论我说什么都一句顶过来。"

峨嵋没好气。"这车子全自动，你信不信我开除你。"

司机委屈。"动辄说这种话。"

所谓司机，不过是两条机械臂，把住驾驶台盘，一具长方形观察器，两只大镜头。

司机发牢骚："这辆车可当古董车展览。"

兴一说："王小姐念旧。"

峨嵋答："你们益发牙尖嘴利。"

到达半山小小洋房，机械犬多利奔出，扑上兴一怀抱。机械人怕寂寞，都有机械犬做伴。

这真是纳罕事件。

室内光线、供氧、水温，全部自动调校，人类可以说不必劳动手足，但是，也没多时间出来，仍然忙得不可开交。

兴一进厨房做点心给峨嵋。

她开启计算机，一把男声温柔地问："王小姐，你回来了，今日工作可忙碌？没有什么特别的事吧？"

"请接到交友网站。"

"太老式了，不如，由我做主，请你看看最新人形交友站。"

"他们不是真人。"

"我也不是真人。"

"你不同，昆仑。"

"那是因为你我交往已有十年历史，我俩有感情，人类的感情是件奇妙的事，可以栽培，也可以发展。"

"你别光说。"

荧屏显示男生样板。"你好，王小姐。"短暂自我介绍，各种族裔、身段、年纪都有，"王小姐，我们可以照你意思装配一个完全适合你心意的伴侣。"

峨嵋一边看一边说："每个都一样面孔：大眼高鼻小嘴，为何没有体毛？"

"王小姐喜欢毛茸茸——"

"不，不，"峨嵋惨呼，"来不及了。"

"阿拉伯裔多毛年轻男子，精通英法文，礼貌、英俊，各方面均多才多艺。"

"昆仑，拜托，别越来越粗俗。"

"还有，你可以即席参观下身情况，这是憩息状态，这是——"

"昆仑，当心我开除你。"

"是，王小姐，我介绍真人给你。"

峨嵋看了一会儿，"全无新货色，这人獐头鼠目，不行，男生女相，呵，才三十岁，皮肤打褶，什么时候了，这人为什么牙齿还不整好，哟，这又是哪一家的媚眼。"

"王小姐，也许，人家有内在美。"

"这个轻佻浮躁，这名眼神闪烁……"

"王小姐，我们还是谈天吧。"

兴一出来，把一碗红豆汤放她面前。"王小姐，别老与机械说话，找个真人，昆仑，你做事呀。"

"香雪海酒吧，三十分钟后，找一个叫卢山的人，已经替你约好。"

"我不去。"

昆仑与兴一异口同声："出去走走也好。"

叫什么？卢山。

香雪海是熟地方，男侍与女侍都以内衣裤装束示人，但因不是真人，与人客相安无事。

夜未央，人客不是很多，有几个专门做生意的男女被保镖请出，一个艳女这样说："大家都是机械人，何必苦苦相逼。"

言辞十分有文化。

峨嵋曾与思想颇为开放的母亲来过这类地方，她的慈母这样说："这同我们年轻时的酒吧并无不同，人杂，不大安全。"

"年轻人总得有碰头地方。"

"也难怪，少年怕寂寞。"

"你呢，母亲？"

"我有金先生。"

"妈妈，金先生不是真人。"

"金先生英俊、健康、忠诚，不会羞辱或向中年妇女勒索金钱，而且，随传随到，不用吃饭睡觉，是世上最佳伴侣。"

是，越来越多男女选择机械伴侣。

"金先生还会与我谈文艺复兴时代的罗兰索·麦迪西[1]对后世欧洲影响，且他没有任何不良嗜好与疾病，他也不会冶游。"

金先生是造价超过百万的超级机械人。

峨嵋推门进酒吧。

女侍迎上，"王小姐，卢先生在那边等你。"

卢山已经站起招呼。

他一眼看到峨嵋便喜欢，她淡妆，并没有穿时下会转色的闪亮服饰，嘴唇是原来天然淡红，不会变换——像鲜红表

---

[1] Lorenzo de' Medici，洛伦佐·德·美第奇，意大利政治家、外交家、艺术家，同时也是文艺复兴时期佛罗伦萨的实际统治者。

示可以离开现场往别处耍乐之类。

他脸方方，此刻凡是天然方脸、圆脸、长脸的面孔都弥足珍贵，还有别具韵味狭长丹凤眼，都证明主人有信心，拥单独思考能力，才能力抗强权，拒绝往矫形医生处整得千人一面。

"你好。"峨嵋坐下。

"我看过王小姐的履历，王小姐在政府民政署任职，那多独特。"

峨嵋微笑，这个开场白她听过百次。

"文职而已，政府部门所有文件都用密码，每一小时更改，经手人像读古埃及文字。"

这卢山呢，五官有点呆板，双耳招风，峨嵋忘记问昆仑他是何种身份。

卢山告诉她："我是全职父亲，家里两个女孩，分别三岁与一岁，她俩不甚友爱，故此我需廿四小时照顾，今晚难得告假，由保姆替工。"

"太太呢？"

"呵，她于两年前患病，后来辞世。"

"对不起。"

"请别介怀，我也已经逐步走出阴霾，很高兴认识你，峨嵋。"

他出示电话上载的两女孩片段。

只见她俩穿一式漂亮裙子，正在一个商场与圣诞老人拍照留念，大女头上戴着驯鹿角帽，手里拿糖果吃，小女落单，问姐姐要，姐姐不理她，她放声大哭，才三声，做父亲的已手忙脚乱，急急去取帽子，她哇哇叫，指向糖果，卢先生忙拆开糖纸给她，她立刻止哭，戴上帽子。

这一连串动作，叫卢山忙得一额汗，他蹲地上，手挽三件外套，背一只大袋，活脱一头孺子牛。

峨嵋微笑。

"可有点可怕。"

"岁多孩子已有如此智慧能力，人类构造之精致可见一斑。"

"怎么说法？"

"你看：首先，她要知道姐姐有她也得有，这是基本人权。第二，她个子小，非得靠工具不可，有什么工具比父亲更有效？她不会说话，但大哭警示，况且，她深明父亲疼爱，不会令她失望。这一连串反应，一项接一项，科学家不知经过多少研发，才叫机械人得到同样反应。"

卢山失笑，"我还以为只是一个孩子发脾气。"

"她们是一对漂亮的女儿。"

"我正担心到了少年期，如何应付上门来的小男生。"

峨嵋看看他，很少有人在酒吧里谈到子女，她与他开玩笑："杀死一个，他们会有所惧。"

不料卢山大笑，露出尖尖犬齿。

她建议，"去吃碗牛肉面。"

她把大喜过望的他带到弄堂小店，在门口已闻到肉香。

卢山讶异。"真牛肉。"

"是呀，已经没厨子做这个了。一则扬言不卫生，二则屠宰牲畜有欠文明，同以前吃狗肉一样，猪牛羊肉都成半违禁品。"

"你怎么看？"

"吃多了人造肉，舌头发麻。"

"人造肉类内也有许多有害化学品……"

"将来什么都不用吃。"

他们钻进店铺，只见人山人海，许多人客站着吃，伙计脸露油光，一副喜色。"两位不介意站一会儿吧，两碗牛肉面可是？"

"没有别的？"

"你可以光吃牛肉，也可以光吃面。"

峨嵋笑。"两碗牛肉面，即上，站着吃。"

"好，"伙计竖起大拇指，"先生，你这女友够爽朗。"

站好一会儿，若不是为了这性格略为奇怪、短发圆脸的姑娘，卢山断不会轮着付钱等吃。

卢妈不吃牛肉，因为牛耕田辛苦，当然，如今耕田由机器负全责，许多孩子没见过牛，不过……

面来了，汤上浮着碧绿葱花，他连忙喝一口汤，烫了嘴，可是忍不住嗯嗯连声。

真美味，他今晚认识了一个真女孩，又吃了真牛肉面，他都想哭了。

吃到一半，别的客人已经挤进来，他们只得退出店外，从未吃得如此狼狈又如此开心。

卢山忍不住说："王小姐，我希望与你多多约会。"

峨嵋看着他，她也有同感，但，卢不是她喜欢类型，她瞳孔没有发亮，手心尚未冒汗，心没有比平日更加翼动。

她抹抹嘴，轻轻说："朋友多多益善。"

卢山的心咯一声跌到脚底。"是，是。"

他心酸，他想头太大，她怎么会喜欢一个老实户头个性呆板如他。

这时有人不小心碰了她一下，连忙道歉："无心之失，对不起，请原谅。"

那是一个高大英俊肤色金黄的年轻人，漂亮得不像话，身穿紧身皮夹克，内无衬衣，拉链内卖弄裸胸及一抹汗毛。

峨嵋忽然笑了。

她有点脸红，呵，对，科学家始终无法叫机械人脸红，这可爱腼腆细致的情绪反应叫他们穷三十年力气尚未达标，他们说算了，反正会脸红的真人也不多见。

这一切卢山都看在眼内，不禁气馁。

峨嵋说："我要回家了。"

"多谢你赴会。"

回到家中，兴一纳罕。"一身膻味，可是吃过羊肉。"

峨嵋没有回答。

这管家越来越像她母亲。

"请电约家母，明日下午三时我去看她。"

"王小姐，那是太太午睡时分。"

"她什么时候醒着？"

"早上九至十一时是她工作时间，十二时午膳，下午两至三时午睡……"像一具钟，"下午四时最适合。"

"可要带糕点？"

"你与太太不应陌生，她已多年不吃甜品。"

干什么，节食？她又无男朋友，即使她五百多磅[1]，金先生也不会嫌弃，怪不得中年女性越来越喜欢人造伴侣。

真是，有什么是真人会做，而机械人不能做得更好的呢？哈哈哈。

"替你约四时三十分可好？"

峨嵋转到房内。

她一边更衣，一边与昆仑说话。

昆仑说："让我提醒你王小姐，我有眼睛。"

"算了吧你。"她坐到镜头前。

昆仑仿佛有点呆。

"嗯，说话呀。"

"你倒是心甘情愿平胸。"

---

[1] 一磅合 0.4536 千克。

峨嵋气结。"我的胸并不平,是他人的胸做得太汹涌。"

"对,对,约会如何?"

"昆仑,我说过多次,我要恋爱感觉。"

"怎样的人才叫你有恋爱感觉?"

"看到才会知道,但无论如何不是卢氏这一号人物。"

"你喜欢把你拐到希腊然后一言不合将你掐死,把你头切下扔入爱琴海那种男人。"

"希腊的爱琴海,嚯,浪漫。"

"那是一宗真实新闻,王小姐,遇害人的头颅迄今尚未寻回。"

"多谢你的资料。"

"这样吧,我推介你到衷心笑事务所定做一个合适男友。"

"你知道衷心笑?可否打七折?"

"我只可以拿到九折。"

峨嵋垂头。"我还年轻,为什么我要与衷心笑打交道?"

"各人需求不一样。"

"你是指我疙瘩。"

"王小姐,到了今日,你还坚持用纯棉床单,每天换,叫兴一用手熨得平滑,这还不算怪癖?"

"我一向吃自己的，你管我。"

"好，我不说。"

"我是古人。"

"对，你用机械芯手表，每天要上发条。"

峨嵋更加气馁。

"对不起，我的职责是叫你开心。"

"不，你负责讲真话。"

"谁会要听真话，我迟早会被淘汰。"

"请替我联络衷心笑。"

"那你先笑一笑。"

峨嵋咧开嘴假笑。

"不要这样勉强。"

第二天，她到母亲家探访，捧着一大盆艳红牡丹花以及苏式小糕点。

来开门的却是金先生。

"峨嵋你好。"

"金先生好，家母不在家吗？"

"她同女佣出去买菜招待你。"

"这么客气干什么。"

峨嵋有点尴尬，只得她与母亲的男友，说什么好呢。

只见金先生永恒是四十出头英伟模样，雪白极薄衬衫，隐隐看到胸肌，鬓角略为斑白，更显得有经验有智慧，他眼神深邃，鼻子笔挺，有一双大手，身体语言也好，从没威胁感。

峨嵋忽然又一次脸红。

她自己沏一壶龙井茶，金先生还有一个好处：他不吃不喝，当然，也不睡。

哟，十全十美。

峨嵋仍然不知说什么才好。

金先生却说："初见你，才十岁左右，真是个哭娃，脾气极坏，幸亏兴一知道你心意。"

峨嵋答："你一点也没变。"

"力气差许多，从前，双臂可以抬起钢琴。"

峨嵋唯唯诺诺。

她不宜多话，不是怕金多心，而是她母亲。

幸亏这时老妈回来，见到伴侣，先亲吻脸颊，然后才说："峨嵋今日吃鸭汁云吞。"

金先生说："我到后园替玫瑰苗转盆，大学农科研究成功把玫瑰还原，返转云贵高原茶树可爱模样及香气，我要了三盆，以后不必嫌英人变种玫瑰俗艳了。"

听听这话，像一个机械人所说的否。

母亲把双腿搁在沙发上，"你看兴十的功夫，全屋一尘不染，此刻又去忙厨房的了，工作态度无懈可击，最叫人欣赏是家中千种杂物在何处全知道。"

峨嵋想说话，又合拢嘴。

"女儿，今日约我何事？"

"我牵挂你。"

"你们这些飞出小鸟还记得老巢。"

峨嵋微笑。"记得。"

"可有带回家男友？"

"没有，昨日，介绍所推荐一个两女之父。"

"峨嵋，试不得，这种人背上不知多少包袱找人共背，听着都累。"

峨嵋点点头。

"时代越进步，越是深信不听老人言，吃苦在眼前，长辈的不良经验今日都不顾自尊摊开来讲，著书立论，前车可鉴。"

"是，母亲。"

"老挑漂亮男朋友是肤浅的。"

峨嵋忽然微笑。

"好端端笑什么？"

"金先生英俊潇洒。"

"人到中年，我才放肆一下，除却阿金，我已无选择，难道中年的我还去结交老年的他不成，你不知老男人多么丑陋、自私、可怕、专横，体内睾丸酮减少，渐渐比女人还婆妈、固执，没有一件事看得顺眼，牢骚特多，无事不扰攘一番……眼角却还瞄着美貌少女，猥琐卑鄙之处，说也说不尽。"

"历年我也见不少。"

"对不起。"

"你是在形容我爸吧。"

她哼一声。

"妈，你看上去还是那么漂亮，去年爸说：'你妈像不会老。'"

"哼。"

峨嵋赶紧拍马屁："只不过下巴略松些，更添成熟风韵，对了，染发剂用何种牌子？什么颜色？光亮自然极了，又不会太黑太暗。"

老妈不出声。

峨嵋怕越说越错，噤声。

金先生回转，看到女友黑脸，伸手指一指她鼻尖。"笑一笑，我们出去找朋友吃饭。"

"不去。"老妈像少女。

金先生一手抱起她，朝峨嵋眨眨眼。

"放下我，放下我，女儿在此。"

他们一路上楼去。

这时兴十出来说："王小姐留下吃饭。"

"啊，"峨嵋说，"我还有事。"

"王小姐，你难得来。"

"下次吧。"

她披上外套离去。

每次到娘家，都希望把母亲抱紧紧说心事，但次次都碍着金先生，这还是个假人，有些朋友，他们的继父都换了好几届，见面不知多尴尬。

科学再进步，却无法叫人的思想更加开放。

峨嵋闷闷不乐坐上车。

司机老三老四说："又怎么了，像王小姐这样，也算天之骄子，为什么时时郁闷不乐？"

"司机，去车行，我们去挑新车。"

"王小姐，其实这辆车还可以用一段时间。"

"叫你去就去。"

"其实我并不想驾驶新车——"

"你去不去？"

到了车行，职员出来招呼，分明是一名受过详细完整严格训练的机械人，他露出最诚恳和善特别调校最受顾客喜欢的微笑，声音动听："王小姐，终于等到你了。"

他看看司机，又检查旧车，对峨嵋说："恐怕两件都要更新，请过这边参观。"

最新款电动车分二人、四人座位，连司机，包用三年，售价公道。

"这边的华丽古董型款仍然受欢迎。"

那是上世纪恶形恶状的平扁极速跑车队。

峨嵋摇摇头。

"这边是婴儿家庭车，六个轮子，平稳可靠。"

峨嵋看半晌，才决定要一辆最不起眼小小灰色两座位车。"请把司机搬过去安装。"

"但王小姐，我们有许多新一代司机。"

"这个旧司机知道我太多秘密。"

"明白，王小姐，我们即刻把它中枢机关转置，只需十分钟，我替你斟杯咖啡。"

峨嵋走到一个角落，一家人正在试家庭车，那年轻太太嘻嘻笑着说："越发似装甲车。"高大漂亮丈夫唯唯诺诺，一个三四岁小男孩顽皮地伸手摸这个摸那个，终于来到峨嵋身边，神气活现说："我到了十八岁也会飞车。"

他母亲过来，"对不起，这孩子多嘴。"把他拉走。

这时职员出来，"王小姐，都做妥了，你可以付款把车开走。"

归途中司机话可多了："这对新手我用不惯""尚未习惯新双目焦点""兴一会不认得我""王小姐，我后悔叫你换车"……

新车静寂，只得司机声音。

人与机器，关系渐渐不可分割。

终有一日，兴一也会被换。

她回办公室处理文件，忽然收到一个电话，她说："马上来。"

立刻取过外套赶往衷心笑办事处修理部。

尔泰迎出。"这边。"

峨嵋看到兴一躺在担架上，一边身子用白布遮着，少许破损零件露在布边外，兴一看到主人，"王小姐——"

"嘘，嘘，我知道。"

尔泰说："王小姐，请代兴一签署，授权我们替它换一具躯壳。"

兴一颓然，她若会落泪一定哭泣。

"兴一，"峨嵋问，"发生什么事？"

兴一竭力说："我往鱼栏挑海鲜，一辆货车斜路溜后，即将撞墙，眼看要夹住蹲在路边拾荒的老妇，我冲上替她挡了一下，整个左身被夹烂，幸亏头部无损，叫救护人员把我送到衷心笑找尔泰。"

峨嵋欲掀开白布，尔泰苦笑阻止，"你不想看到。"

"是，是。"

尔泰把峨嵋请到外边候诊室。

"换一具兴十三吧。"

"我仍叫她兴一。"

"其实最好连中枢思想控制器也更换，新一代性格活泼先进，你会喜欢。"

"她是我老保姆。"

"峨嵋，兴一并无感情。"

"但她会救人。"

"那是她体内危机意识启动，保姆全有这个装置，保护少主。"

峨嵋嘘出一口气，双手颤抖，在文件签署，她选择要老兴一，心甘情愿，任她噜苏。

"十分钟，请稍候。"

真没想到，会在今日替兴一换头，世事仍不能预测。

她在候诊室独自垂头。

一台小小电视机正播放新闻，记者的声音充满激情："智能机械保姆勇救老妇——"说的，正是兴一。

"世上有千万具兴一，但这一名却在千钧一发间救了七十八岁的阿婆一命。"

峨嵋看着荧屏，当事人老妇低头不出声，白发萧萧，已至耄耋之年，为何流落街头，想必是年轻之际没有打算。

峨嵋别转面孔,不忍再看下去。

忽然发觉对面长凳上坐着一个人。

啊,是他,她见过他,是那少了左腿的智能人,通常,他们以安字为号,安一、安二,同兴一、兴二按年代编号。

叫峨嵋吃惊的是,今日看见他两条腿都不见了,裤管空荡。

他仍然垂头不语。

照说,丧失两条腿的安字号应当像兴一般更换整个身躯,也许,他的主人同样不舍得他。

峨嵋坐近,忍不住轻轻说:"我们又见面了,我叫王峨嵋。"

他动也不动。

"啊,你没有开启,"她又拍拍他手,"加油,努力,不要气馁。"轻轻摇他手臂。

身后一个声音,"王小姐你同谁说话,不要骚扰其他客人。"

尔泰带着兴一出来。

峨嵋看到新型号发呆。

鹅蛋脸,好笑容,头发束脑后,流线型,身段苗条,穿紧身运动衣衫，活泼敏捷，比起从前的文静秀丽是另一种型号。

正在踌躇，兴一开口："放心，王小姐，我仍是从前的兴一。"

峨嵋点头，忽然想起，"从前的躯壳呢？"

尔泰没好气，"那你就别理了。"

峨嵋问："可是当生化废物处理——"

"那具躯壳不是生化物，只是机器，你俩还不走？"

新兴一力大无穷挽着峨嵋离去。

百忙中没人留意坐着的客人眼睑稍微动了一下。

坐上车，司机一惊。"这是谁？"

"兴一。"

兴一也吓一跳。"你又是谁？"

峨嵋苦笑，这叫什么，这叫纵使相逢应不识，新型号，新装束。

许多友人，一段日子不见，面相身段全变，老友也认不出，整块脸只剩一个尖下巴，将来不流行尖面孔，削下部分不知是否可以拼回去。

司机嚷："真看不惯。"

兴一还嘴："我也看不顺眼。"

"幸亏王小姐是老样子。"

峨嵋苦笑，"我还会一天比一天老，终有一日鸡皮鹤发，背脊佝偻。"

两个助手总算噤声。

终于到家。

兴一这样对主人说："尔泰女士给我挑几个型号，我只想要基本功能，女士问：可要女性特征，我说不用，我等不能孕育胚胎，还是安分点好，于是选了这一具，我喜欢她的笑容。"

峨嵋点点头。

是，生育还得靠真人。

她想到在车行邂逅的小男孩，泡泡脸，机灵大眼睛，不知多少想头，笑嘻嘻，胖手指放嘴边，可爱到极点……要这样一个宝贝，还得靠古人方式孕育成胎，辛苦十个月，忍痛把他生下来。

儿童玩偶，动作较为生硬，始终未能仿真，幼儿情绪千变万化，不能尽录。

厨房发出打碎盘碗声响，兴一说："对不起，我冒失。"

峨嵋连忙安慰。

全靠她们服务社会，老中青三代市民得益匪浅。她们忠诚无比，再无二心，安全可靠，几乎分担全部最腌臢劳苦工作。

有些兴号还会梳头化妆按摩，甚至兼任一些简单秘书工作，个个擅长礼貌说白，不会得罪主人客人。

"咖啡，一半奶，不加糖。"

"谢谢兴一。"

"我到街市买菜买花。"

"兴一，远离鱼市场。"

她去了，开门关门总是轻轻。

峨嵋电召昆仑聊天。

小狗多利走近，抬头，峨嵋把它关掉。

"你不喜欢狗？"

峨嵋答昆仑："不，我无暇照顾与它玩耍。"

"你才最像早期机械人。"

"我也有欲望。"

昆仑笑。"说来听听。"

"男欢女爱。"

昆仑不语。

"你知道:'终有一日,我的王子会出现。'"

"如果他是人的话,少不免缺点多于优点。"

"你替我定造一名。"

"把你的条件说出来,我代你长话短说,精简节约,然后才知会衷心笑设计部,不过,你要准备高昂费用。"

"女性经济独立之后,开销庞大。"

"古时,女性付出宝贵感情与青春,所获几何,你心中有数。"

"啊,吃亏的总是女子。"

"你可要转变性别,那也容易办。"

峨嵋咳嗽一声,一本正经说:"先说外形。"

"我会详细记录。"

"高大,六呎[1]左右,英伟,体重一百七十磅,宽肩,漂亮肌肉,圆润肩膀,金黄色柔肤,肩膀要有淡淡雀斑——"

"?!"

"形状像天鹅座 X-1,即一个十字——"

---

[1] 呎:英尺。1 英尺等于 0.3048 米。

"嚯，你的挑剔去到不可思议地步。"

"听下去：他要临危不乱，处变不惊，智慧聪明，具幽默感，能叫我笑，擅烹饪，精湛各种运动，尤其是游泳，乐善好施，喜欢动物与小孩、老人……"

"慢些慢些，来不及记。"

"还有——"

"当然还有，你大概可以说到明早。"

"他的手——手指纤长，弹一手好梵哑铃[1]。"

"他的脚，要会跳舞，可是这样？"

"当然，否则，要男朋友作甚。"

这时，门一响，兴一回转。

她走近荧屏。"昆仑你越来越没礼貌，语气调笑，你对王小姐要规矩点。"

昆仑一愕，"你是谁？"

兴一哼一声。

峨嵋说："昆仑，我们稍后再谈。"

"这昆仑，越来越似登徒子。"

---

[1] 小提琴（Violin）。

"不至于啦,我们谈话题材比较敏感而已。"

"我蒸新培育品种的黄花鱼给你吃。"

峨嵋只吃几口。

待兴一休息,她又找昆仑。

"那可是新兴一?"

峨嵋把兴一的意外说一遍。

"这些新型号以朋友身份出现,毫无规矩。"

机械也会相互倾轧,峨嵋笑出声。

她说下去:"要爱惜我,保护我,懂得我的意思。"

"某方面能力呢?"

峨嵋十分坦白,"无须刻意讨好、大胆、超能,需有初恋的感觉。"

"你初恋感觉是好是坏?"

"那是一个坏男人,坏人做坏事。"

"对不起。"

"少女原先都有一个想法,误会尽心尽意爱一个人,那人会真心回报,事实,当然不。"

"这个问题迄今尚未解决。"

"直至地老天荒海枯石烂,少女还是失望。"

"那是一个怎样的人？"

"已忘记他的外貌，相信是个极其普通的人。"

"这是你要求初稿。"

荧屏打出一个男子裸体，某处打格子，引得峨嵋微笑。

"那处有许多样子可选——"

"先说五官：剑一般浓眉，长睫大眼，鼻子笔挺，嘴唇柔软略厚。"

昆仑拼出一个动画人物超级马里奥。

也只有昆仑会引她笑。

她有电邮，一看，是那个叫卢山的人问候："几时有空再出来？"她不假思索推说最近办公室忙得不可开交，连喝水的空闲也无，等等。

她怎么会离开有趣诙谐的可爱昆仑外出？

"对，"峨嵋说，"谈吐、语气，全像你就好。"

昆仑受宠若惊，愕一会儿，才答："我只是一把机械声音，随计算机附送，娱乐王小姐。"

"你的设计极佳，我相当欣赏。"

这时昆仑声音稍微沙哑，"谢谢赞美。"

二

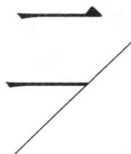

她有点浮躁，天气渐渐潮热，原本或可承受之苦楚像彻骨寂寞此刻都不能忍耐。

那天晚上峨嵋做梦，看到许多英俊裸男并排站她面前，介绍他们身上各种部位，峨嵋吃惊又好笑，用手掩住嘴，醒来，不知是好梦还是噩梦，但肯定并非绮梦。

她上班。

主管说："峨嵋，十一楼爆发诺瓦克病毒[1]，全体十五名职员上吐下泻，进医院诊治，工作不能耽搁，这一个星期他们的文件发到你处，请你分给同事，有难同当。"

"没问题。"

"我就知你能干，本来嘛，为着保密，各组只负责文件一部分，而且是隔行抽选，上下倒置……不过，紧急关头，也

---

[1] Norwalk Viruses，又称诺如病毒。

只得信任你们，幸亏那并不是太重要机密。"

"明白。"

"你做完传回给我。我自会上交。"

峨嵋没声价答应。

无端端多一倍工作。

她请同事过来开会，年轻人一听要加班，脸上表情像被人在嘴里塞了一把盐，可以皱的地方全皱起来，喃喃抱怨："我们也染诺瓦克病毒""间歇失忆""过度疲劳"……

文件送到，按人派发，有两名同事拒绝接受安排。"王小姐，你开除我好了。"

都什么时候了，年轻人仍然如此疲懒。

"人到了三十世纪仍需遵守原则。"

峨嵋叹气："只得我来做。"

"你是主管，你入地狱。"

峨嵋生气，这种滴水不入、不接受半丝委屈的自我中心思想最最讨厌，她脸上变色。

同事们速速离去。

峨嵋取起文件看了一眼。

虽然密码具千百种变化，但负责人老是按那几种类型，在此间工作多年，敏明的王峨嵋几乎已经可以全部解读。

她把两组文件拼一起，读到一句："——近三个月发生的意外暴力事情，令有关部门警惕，在市民未曾注意，产生恐慌之前，需要实行特别措施——"

这时先前那对同事敲门进来，"王小姐，对不起，我俩愿意分担——"

峨嵋扬扬手。"不用，"她和颜悦色，"你们请其他同事吃果子代替好了。"

她刚好读到"兴一""安一"以及其他同年代号。

她抬起头，想了一会儿，把办公室门锁上，仔细将该份约莫五分之二的文件读毕。

除出部分无法译码，以及不在她手上的文字，她读懂其中大意。

她觉得突兀、不安，以及伤感。

她把文件存入档案。

峨嵋拖着疲倦身子回家。

走到楼下，看到兴一焦急地询问管理处："见过王家小狗多利否？"出示照片。

多利不见了。

对兴一来说，这是大事，她在家寂寞，唯一淘伴，便是这只小动物。

峨嵋走向前。"兴一，别急。"

兴一握着主人双手。"我一开门，它便窜出。"

"等我一会儿，我回家取追踪器。"

"呵，忘记这个。"

峨嵋取出小小追踪器，一看，"多利在后山树林，离这处不远。"

峨嵋拉开抽屉，又取了另外一件东西放进口袋。

她俩飞快奔往树林。

管理员追上。"王小姐，该处罕见人迹，我先知会警方。"

兴一跑得快，很快隐没树中。

只听到她叫："多利，多利，王小姐——"

声音骤断，像是看到什么不愿看到的可怕情景。

峨嵋奋不顾身奔近。

还未站停，已被几个年轻男女包围，他们衣衫褴褛，一共四名，神色狰狞。"又来一个。"他们冷笑。

只见多利躺地上已经不能动弹，其中一个男青年大力伸脚一踩，多利飞到半空，被另外一个人反踢，哈哈大笑，多利再次坠地，碎为两截。

兴一不顾自身安危，扑过去抱住多利残骸。

峨嵋又惊又怒，"你们是什么人？"

其中一个衣不蔽体的女子答："我们是社会最底层，身无一物受尽排挤欺压的一群。"

她一步步逼近峨嵋。

峨嵋看到她断却一臂，心中明白，退后一步。"你是机械人。"

"你真聪明。"冷笑。

看清楚了！他们全是机械人，身上各有残缺，有人失去一只眼睛，有人半边身子不住抽搐。

峨嵋吃惊。"你们为什么不进修理部？你们属于哪一家哪一户，随意遗弃机械人属违法行为——"

"你是人类，所以那么多话，这一个同狗一样，是你的用人，一副机器，故此，为你清理粪便垃圾廿四小时操作的工具，直至破旧损烂，被你丢弃。"

"我们已不记得当初出厂时担任哪种工作。它，可能是砒号，加入色情行业，担任变态荒淫任务取悦人类；它，也许是重型工程厂员工，全身关节染满油污；这个，眼睛遭到破坏，主人说：'算了，换具新的。'至于我，我因侍候顽童不得力，被推入泳池泡足一年无人理会变成废铁。"

不但峨嵋听得发呆，连兴一都不能动弹。

"这还不算，本应妥善人道毁灭我们，但不法之徒将诸等残骸偷出改装廉价贩卖到其他地区，逼使我们继续劳动——"

这时他们听到警员警犬的吆喝声自不远处传来。

其中一个流浪人形忽然发作，朝峨嵋扑来，峨嵋自口袋里取出自卫武器，瞄准对方，噗一声，迅速用量子电波破坏它的中枢，它瘫痪在地，她先前回家就是取这件武器。

警员赶到。

其余三个急急逃往树丛，警员的机车追踪。

峨嵋犹有余怖，靠在树干上。

兴一扶她坐下。

警员问她几个简单问题。

一边，工作人员急急收拾现场，待有人走近围观之际，那片草地已无异样。

警官静静对峨嵋说："王小姐，可否恳请你代为将此事守秘？"

"已不是第一宗了吧。"

"王小姐在民政署办公，瞒不过你法眼。"

峨嵋已阅读过部分文件。

"本市有超过三十万具正式持有执照的机械工作人员，其余黑工、非法修复拼凑而成的不计其数，警方现在正面临头痛问题。"

兴一站在一旁静静聆听。

"你可以说，街头已出现另一种非法帮会。"

警官不愿多说。

峨嵋偕兴一回家。

兴一把多利放进一只盒子。"可否拿去尔泰女士处修理？"

峨嵋说："不必了，挑一只新的吧。"

兴一忽然悲哀。"我最怕听到'置新的'三字。"

"左拼右驳，线路混乱，迟早出毛病。"

"就这样放弃多利？它听见我的脚步声会得追出，我叫它，它会淘气佯装听不见，我不要新的玩具。"

怎样同机械人解释那不过是一只机械犬呢？

"兴一，交出多利，我俩去挑一只真的小狗。"

兴一轻轻说："真狗多可怕，你可看到那两只大多布[1]门

---

[1] 拉布拉多犬。

警犬？"

峨嵋不知说什么才好。

原本应由兴一负责鼓励她叫她振作，现在刚相反。

"你休息吧。"她要关上兴一。

"不。"兴一退后一步。

"兴一。"

"你可用量子枪叫我瘫痪。"

"两件事不可相提并论，别胡思乱想。"

趁她不觉，峨嵋将她关上。

兴一仍维持着那愁苦悲哀表情，睁大双眼像不能瞑目。

峨嵋心中难过。

她唯一可以说话的朋友，是这名老保姆，此外，就得一个声音，那是昆仑。

再勉强算，就是衷心笑事务所的尔泰了。

可怜寂寥的王峨嵋。

"昆仑，我有事与你商量。"

"发生什么事？你神色不比寻常。"

"昆仑，这件事请代为守秘。"

"王小姐，这个秘密传到你处，已不知是第几手，我保证本市三分之一人口已经知悉，你若怪我多嘴，最好不要告诉我。"

"你也会生气、发恼、不甘心，越发像真人，似幼儿长大成为青少年，渐有思想，开始多心。"

峨嵋把后山丛林中发生的事说一遍。

"噫？"昆仑吃惊。

他在荧屏打出若干段新闻给峨嵋参考。

峨嵋一读，比他更为意外。

——北区住宅火灾，一老一小轻伤，疑为纵火，屋内一具改装兴三号不知所终。

五谷大厦电梯失灵坠楼，三人受伤入院，监察录像机摄得事前有机械工程人员出入。

大美街闹市发生械斗，途人无故被陌生人击伤头部，一女子坠地昏迷，据目击者说："凶手疑是机械人。"

"不得了。"峨嵋喃喃说。

"这是大事情。"

"民政署已决定择日开会讨论可需全体回收兴十之前型号。"

"可有证据意外属人为事件。"

"昆仑，伊们由人类工厂制造，当然是人为事件。"

"你家的兴一——"

"我对兴一有信心。"

"所有机械工人出厂都配有一枚量子枪以便控制——"

"我知道。"

昆仑长长吁出一口气。"真没想到它们会得情绪失控。"

峨嵋轻轻说："今天的事，今天担当就算了。"

"你可是想继续设计理想男友？"

"听说有一个新成立的约会网站。"

"我替你找。"

网址迅速寻出，代表人物是一个高大健硕穿宽条纹西服的男子，油腻腻扭动身子跳舞，并且说："约会我。"峨嵋吓得弹起，惨叫，用手遮住眼，"救命。"

昆仑笑得翻倒。

然而，看记录，已有五百余名人士要求约会，男女都有。

真没想到约会市场如此绝望。

峨嵋喘定气。"让我们继续……上次说到何处？"

"肩上雀斑。"

"啊，是，他要十分文静，懂得独处。"

"像你一样，王小姐，生活如禅修，禅，即静。"

峨嵋笑。"静坐常思人过。"

"那也不是坏事，借镜他人失误，可免自身也犯。"

"你总是包庇我。"

"应该的事。"

"他要敏感，脸上偶然带丝寂寥：生命就是这么多苦恼？歌乐声呢，歌乐在何处？"

"峨嵋，你不能要一个男版的你。"

"有时真寂寞得想哭。"

"请看这个脸形如何？"

荧屏显现一张略为长方瘦削俊秀的面孔，双眼闪烁有神。

啊，完美。

"有人会嫌他忧郁。"

"请让他笑一笑。"

没想到笑脸如此漂亮，像乌云去后一丝金光。

峨嵋问："这样的人会喜欢我吗？"

"放心，设计部会安排线路。"

"有点不公平。"

"王小姐何用妄自菲薄，你是一个善解人意、内涵丰富、以诚待人、相貌娟秀、精神经济独立的好女子。"

峨嵋脸红。

昆仑仿佛在另一边凝视她。

"什么?"

"时间不早,大家休息。"

第二天早上,她出门上班,兴一把那只盒子递上。

峨嵋看看她。

"请求你,王小姐。"

峨嵋接过盒子点头。

下班后她找到尔泰。

"最近你来得较频。"

"打扰了。"

盒子打开,尔泰一看编号,"这只狗已经十年,寿命也差不多了。"

"可以修复否?"

"机械遭到蓄意破坏,峨嵋,小册子里有许多新类型,还有,你可以考虑到动物庇护处领养。"

峨嵋吁出一口气。"你说得对。"

"对不起,这次帮不到你。"

峨嵋署名把盒子交给工作人员，取回证明文件，刚要离去，看到一张轮椅推近，护理人员走到一边听电话，她发觉轮子没锁牢，过去帮忙拨动开关锁紧以防滑走。

椅上病人露出感激神色。

峨嵋认出他。"我们又见面了。"他是那个在休息间里碰见过的无腿病人。

这次，他的腿部已经处理妥当。

正想再说几句，护理人员已经转身。"谢谢你。"把轮椅推进电梯。

峨嵋叹口气，以后，真得少来这个多病多灾的地方。

她到动物庇护所参观，一走进，便闻到动物气息，小小笼子关着嘈吵小动物，负责人员走近。"可以帮你否？"峨嵋点头。

她耐心参观，巡视第一次并无所获。

这时有人抬着一只大纸箱进来。"丢在后门。"打开一看，有两只眼睛尚未睁开的无品种小狗。

"从头训练也不错。"

"不过要先验查身体、注射、除虫、植入芯片……"

责任颇重，叫峨嵋害怕。

她想到一个办法，她打电话给兴一，把小狗照片传给她观察，兴一说："我马上来。"

"兴一，别冲动——"

她已经挂上电话。

小狗在纸箱内蠕动，像两团毛线，峨嵋注视良久，人类也曾经过这个阶段——

兴一赶到，探头一看，立刻说："何处办手续？"

峨嵋把她拉到一角，严肃地说："你听好，屋里不准有异味，不可让它们到处走，便溺控制妥当，家具损坏，唯你是问，换句话说，是你的狗，不是我的狗。"

"明白。"

"每天由你照顾膳食，生病你带去看医生，别打扰我。"

"是，王小姐。"

"你去办手续吧。"

峨嵋回办公室。

一连数日，看不到狗的影踪，也闻不到不受欢迎的气味，她较为安心。

楼下同事的诺瓦克病毒不知何故尚未痊愈，峨嵋一组仍得处理他们的文件。

——"初步回收计划包括补助市民旧换新，像节省能源步骤中替换冰箱等电器——"

峨嵋抬起头。

兴一不是冰箱。

会议记录又说："但凡新款电器的中枢控制皆会发生故障：干衣机着火燃烧、计算机收放错误，但不排除是否人为破坏可能，已择期与保安组讨论。"

政府机关做事一重重，各归各，敲一枚钉子，先要几个部门开会，什么锤子、何种钉子？着总务部选购，工具齐了，拿锤子的工作人员不管钉子，墙上油灰落下，又得另外找装修工人，叠床架屋。

回到家中，峨嵋与昆仑谈到此事。

兴一又来打岔。"王小姐，不要老是与计算机说话，出去走走。"

"晚上吃什么？"

"我去替你做个面。"

"我闻到肉香。"

兴一怪不好意思。"那是给多宝做的白焓鸡胸肉。"

峨嵋一怔。"小狗叫多宝，可以吃固体食物？"

"绞碎慢慢喂。"

"你去服侍小狗吧。"

连昆仑都骇笑。"兴一当婴儿那样带,好大爱心。"

"宁为太平犬可是,我在《国家地理》杂志上看到非洲战乱国年轻人试图步行过沙漠到阿拉伯打工,半途暴毙旷野,尸身干涸,也不觉特别可怕。"

"你看你想多了。"

说到这时,脚底忽然毛茸茸,吓一跳,低头一看,见一团淡黄物体,又看到一对亮晶晶大眼,哟,是小狗,好奇抬头看着主人。

兴一急急走出。"多宝,不得打扰王小姐。"

那么小点点大,才养数天,已知道听话,半滚半走到兴一脚下。

兴一抱起走往工人休息处。

昆仑又多嘴:"可爱吧。"

峨嵋答:"兴一忙得不可开交。"

"但家中多了生气。"

这时,脚踝又毛毛发痒,低头又看到多宝。"咦,你怎又出来了?"

昆仑眼尖。"这只颜色不同，略深，这不是多宝。"

峨嵋忽然明白，她站起，小狗索性坐在她拖鞋面上。

兴一又慌忙走出。

峨嵋瞪着她。"不止一只，你竟把两只小狗都带回来了。"

"王小姐，你没说只准养一只。"

"嘿，造反了。"

昆仑笑得透不过气。

峨嵋说："把它们全叫出听教训。"

"是，王小姐。"

她捧出睡袋，两只小狗乖乖走上，峨嵋凝视它们，它俩也不声不响看牢主人。

终于峨嵋叹气。"去，去，再别让我看到。"

话是这么说，可是接着日子里，小狗一左一右坐她两只脚背上，她双腿转变姿势，它们也不落下。

兴一疼惜它们打理得极好，很快胖得像小球。

这段日子，峨嵋的理想男友设计，也接近最后阶段。

峨嵋忽然想起。"体毛，我忘记最重要一点。"

昆仑啼笑皆非。"这算重要？还没说到他职业呢。"

"他为什么需要职业？"

"王小姐，别侮辱人。"

峨嵋说："体毛要浓厚柔软，像猫肚皮那样——"

"如此特别，制造费用会巨额增加。"

"我不怕。"

"许多女性不喜男友汗毛。"

"我不同。"

"你的确很特别。"

小狗在她脚背打瞌睡，她走到哪里，它们也走到哪里。

峨嵋问："兴一，多宝与多财这两个名字谁教你的？"

"兽医。"

"他可有说小狗是何品种？"

"杂种狗，不知来历，有狮子 [1]、曲架 [2] 及寻回犬血统。"

"最终会长得多大？"

"不知道，大约两呎长，不会是巨犬。"

峨嵋叹气。"你看我俩多大胆，无端端把陌生生命请到家中生活，包办食住，对它们底细背景性格脾气一无所知，真会冒险。"

---

[1] 指松狮犬。
[2] 指可卡犬。

　　兴一忽然嗫嚅说："同你们结交男朋友一样呀，人类，有着非常冒险的性格，否则，不会去到火星水星。"

　　峨嵋一怔。"兴一，你长了智慧。"

　　"狗性可爱，一听到盘碗响，便会走近讨好，我的精神现有寄托，每早起来，挂住小狗，生活有个指望。"

　　峨嵋点点头。

　　"王小姐，你尽快找到对象，我就放心。"

　　"我如此挑剔，本身条件又非一流，比较艰难一些。"

　　"我觉得王小姐一百零一分。"

　　第二天下午，峨嵋接到母亲电话。

　　"女儿，有急事，速来我家。"

　　赶到娘家，母亲开门出来，峨嵋看到，吓一跳，脚放软，只见中年娘亲面颊肿如猪头，一只眼睛青黑发大，睁不开，嘴角有缝针痕迹。

　　峨嵋惊怖抱住母亲。"什么意外，撞车还是遇劫，知会警方没有？"

　　母亲怔怔地不出声。

　　"说呀！"

　　"已经看过医生，昨夜留院观察，这些可怕伤口可望全部痊愈。"

"为什么不立刻叫我？"

"你也帮不了忙，一切，是我咎由自取。"

"谁伤害你？"

"阿金。"

峨嵋嚯一声站起又坐下，瞠目结舌，她不能置信，金先生在她家已经超过十年，一向相安无事，他怎么会打女人，他控制中枢根本没有"打人"这两个字。

"我也不知为什么，他忽然变脸，同我说，需要更多自由，他要不论时间随意出入，我不允许，争吵起来，我说他几句，他便动手，只三两下手势，我便七孔流血。"

峨嵋浑身汗毛竖起。

"我认为生命遭到威胁，慌忙中找到量子枪，不顾一切瞄准发射，他才倒地不动，我自行到急症室求助。"

"妈妈你几乎丧命！"

"此刻想起，才知害怕，我浑身颤抖。"

"母亲。"峨嵋心如刀割。

"他疯起来，面孔狰狞，言语恶毒，同真男人一模一样。"

峨嵋心都凉了，血不上头，觉得眩晕。

"女儿，原来潜意识我知道这一天会得来临，那把可以制服它的量子枪一直在床头柜抽屉。"

这时候，一向被称为"他"的金先生变成"它"。

"十年零三个多月，也算是恒久。"

中年女子垂头，忽然流泪。

她脸上伤口可怖，像是随时会爆裂流血模样。

峨嵋双手不住颤抖。

她不知说什么才好。

"阿金已被送到废置金属厂，我亲眼看着它被压碎丢弃。"

峨嵋看到客厅部分家具毁坏。

想起平时温和斯文的金先生，峨嵋不寒而栗。

"女儿，我有个请求：可否到你家休息几日，这里需要重新装修。"

"一定，母亲，随你住到几时。"

峨嵋陪着母亲回自己家。

最吃惊的是兴一，但她知道规矩，一声不响，安排客房。

她做了甜汤给贵客。

峨嵋听到母亲轻轻说："总算比真人好，它不会缠死不放勒索要钱。"

"他为什么要求自由？"

"还用说，当然是想结识别的女性。"

的确与真人一样。

"金好端端与你相安无事，母亲，其中一定有纰漏关键，你想一想。"

"嗯。"

"是什么因由？"

"它前些日子进厂添加过一个零件。"

"他去过衷心笑？"

"原厂不允它改装，说本来功效不是那样，添多功能会导致短路，我不甘心，把它送到外头私寨厂家，回来时好端端，可是很快出了毛病。"

"你要求添置的是何种功能？"

中年女子一时说不出口。

峨嵋真怕是猥琐肉酸恶形恶状的功能。

但是她听到母亲答："我叫金负责洗熨煮打扫清洁工作。"

什么？

"现在当然后悔得不得了，它不但做不妥，且怨气冲天，整个人变了。"

"母亲，他是一个情人，不是家庭佣工。"

"我已经够沮丧，你还说。"

她真的咎由自取。

峨嵋站起。"你请休息吧，明日再做打算。"

她与昆仑整夜诉苦。

第二天一早，峨嵋发觉母亲已经起来，青肿略退，正吩咐兴一找装修师傅，指手画脚，大声指挥。

倘若母亲是女儿未来影子，那么，王峨嵋真是有的好担心。

"妈，这些我来做。"

"那么兴一，我双肩酸软，你来按摩。"

"兴一也不会这些。"

"那么笨，咄，我还想借她到我家做替工。"

"不，母亲，她在我家有事要做。"

"做什么，据我观察，有一只活狗叫多宝，专门陪她解闷，又另一只叫多财，陪多宝玩，你们家真够疯。"

峨嵋气结。

她替母亲找到装修员工，又在荐人馆找到帮佣，吩咐司机送她到豪华酒店，当然，预先付却所有费用。

峨嵋回到办公室，松口气。

文件如排山倒海，她对上司诉苦："他们的诺瓦克病毒再不痊愈，我组即刻生肺结核。"

同事欢呼："听，听！"

"已全体上班，明天，你组放假一日。"

"明察秋毫，皇恩浩荡。"

办公室的恩怨烦恼，总还比较容易解决。

同事买回糕点果子庆祝。

峨嵋得悉民政署已拍板决定回收计划。

这时，她反而有安心感觉。

回到家，兴一告诉主人，太太回来过。

她说："王小姐，其实我懂按摩。"

"胡说。"

回房看到橱门打开，几件看门的晚服已被取走。

"太太说借去穿。"

峨嵋只得说声明白。

其实她一点也不明白。

廿多岁的一代，往往觉得女性生活无论如何在五十应该结束，自此自求多福，穿灰黑白，古佛青灯静修，不理世事，骂不还口，打不还手。

可是老妈还借了她的晚服，不知做何用途。

她究竟还想怎么样？

她要到什么地方去？

昆仑说："司机会知道，他有记录。"

一言提醒，她实时联络司机。

司机诉苦："我在乐无穷酒吧侧小巷，这个地方真是九反之地，有人靠着我车身做买卖，还见到有四条手臂的改装人，吓得我。"

"太太在什么地方？"

"在酒吧里，我不敢离开。"

峨嵋捧头叹息："她伤势未愈，怎样娱乐？"

"她戴上面具。"

峨嵋对昆仑说："怎么办？"

"我可以出来陪你就好了。"

"什么？"

"事不宜迟，立刻赶去把令堂接走，带着你的量子枪与胡椒喷雾。"

峨嵋召街车。

司机听见地址，不禁劝说："小姐，不要到那种地方玩。"

峨嵋无奈。"我去救人，不是去玩。"

"小姐，你孑然一人。"

峨嵋没好气。"你想拔刀相助？"

"我在酒吧门口等你，你有事立刻奔出。"

"好，够义气。"

峨嵋先找到自己的车子与司机。

多嘴司机喊："好了好了，来了来了。"

"你俩等着。"

峨嵋鼓起勇气，推门进酒吧。

乌烟瘴气，她立刻呛咳，掩住胸口。

领班凶神恶煞般拉住她手。"到这时才来上班？快去换衣服！"这个人额角左右有两个尖锤，头出角！

"我来寻人。"

"别阻我做生意，给你一分钟。"

峨嵋金睛火眼似搜索，她认出自己的晚服，那是一件黑色蕾丝衣，低胸、低背，却不失品位。

但，穿着裙子的女人是谁？她面孔僵硬，似罩着一层薄膜，眉、眼、嘴角，都不能移动，像打了过度美容针，面具，是一只巧制面具，这是她母亲。

她走近。

面具人正与两个光上身的男人说话，其中一个遍体文身，是真的全身绣花，连面颊都文满满，另一个油头粉面，最突兀之处，乳头各吊着一枚金环。

峨嵋扬声："王太太，好走了。"声音尖锐。

中年女子一怔，看到女儿。"你怎么来了？"

文身人大喜。"这是谁？大家一起玩。"

王太太还不愿走，但忽然看到女儿落泪，只得自人群走出。

这时一个戴两副胸罩四个乳房的女子走近，大抛媚眼，对那文身汉说："我招呼你们可好？"

峨嵋握着母亲的手一直走到街外。

她说："妖兽都市。"

王太太站住，看着女儿。"牛鬼蛇神通通挤在这都会里，各人造化不同，非一己能力可救，不幸者变兽，有幸者修成正果，我们是人，亦是妖，不到生死关头，看不出真相。"

司机扬声："两位快快上车。"

峨嵋取出钞票，交给出租车司机。"谢谢你。"

"不客气。"他转身离去。

王太太先上车，不料暗地蹿出两个大汉，手持利器。"交出钱包，快。"

峨嵋一肚子气，她受极大刺激，已不知害怕，浊气上涌，一见其中一个少了条左臂，认定是机械人捣乱，取出量子电枪，一边高声骂："不是你死就是我亡。"

量子枪取出，大汉一怔，峨嵋扳动机关，糟，无效，他们是真人！她再取出胡椒喷剂，没头没脑朝他俩头脸激喷，这时，酒吧保镖闻声赶至，朝两男扑去，一边咒骂："又是你俩找死，破坏我生意。"重重把他们摔倒，拳打脚踢，然后揪住胸口抛在地上。

峨嵋上车，心突突跳，两手抖个不停。

保镖追上："小姐，小姐，对不起，下次来，打八折，这是赠券。"

司机一声不响把车子嗖一声驶走。

峨嵋见老妈也在发抖，她轻轻揭开她脸上面具，摘下她长假发。"亲爱的母亲，你到底在想什么？"

王太太号啕大哭，伏在女儿膝上。

司机说："母女平安就好。"

峨嵋长叹一声。

母亲拭干泪水。"我喝了一点酒。"

"嘘，嘘，快到家了。"

多嘴司机忍不住。"那两个眼睛血红的保镖，可是真人，又那两个贼，倒在雪雪呼痛，好像是真人。"

峨嵋不出声。

"我只知那好心的出租车司机，他是我同类。"

这倒是出乎峨嵋意料，真人似假，假人像真，这时王太太喃喃说："妖兽都会，不知我们母女真相是何物。"

司机吓一跳。"你俩肯定是活人不是吗。"

王太太坚持回酒店。

"别再乱走，静心养伤。"

回到家，静寂一片，峨嵋踢掉鞋子。

昆仑问："还好吧？"

"托赖，脱险。"

"那家酒吧十分受另类客人欢迎。"

"妖兽。"

"他们均是成年人，双方你情我愿，打扮行为并不违法，王小姐，不可论断人。"

"社会一点道德标准也无。"

"是因为王太太令你气急吧。"

"她早已忘记她是王太太。"

"你要替她着想。"

"昆仑，你不是人，你不知我们苦衷。"

昆仑一下子沉默。

峨嵋有歉意，斟一大杯咖啡，坐下撮哄昆仑说话："假如我是一只妖怪，你猜我是什么？"

昆仑没好气。"鸡蛋。"

"喂，给些许尊严。"

这时，不知为什么，两只小狗噗噗走出，拉扯峨嵋的脚，呜呜作声。

峨嵋低头。"你俩干什么，做噩梦？"她只知道幼象会得做梦，重复母象被猎杀惨情，惊怖哭泣。

昆仑点醒。"去看看兴一。"

兴一倒在厨房地上，呜呜声。

峨嵋扶起。"你怎么了？"

"王小姐，有消息传出，要把我们废除消灭。"

"谣言，别相信，没了你们，太太、主妇、小姐怎样生活？"

"有代替品，听说，不再依照人类样子做家务助理，以免产生情感，通通会照司机那样，光一个中枢部位，及两手两脚，或三手三脚，像一只蜘蛛。"

峨嵋暗暗吃惊。"你自何处得到这种消息？"

"兴一——兴十三都知道这件事，太多旧款模型经过不适当改装，意外险象环生——"

"别相信那些传言。"

兴一渐渐安静。

"兴一，有我，必有你。"

"王小姐。"

"你看我长大，你照顾我饮食、功课、情绪，我所有烦恼心事，只你一个人知道。"

"王小姐，我还记得你第一个小男朋友叫佳佳。"

"佳他的头，为一罐汽水出卖我。"

"真是，沉香换烂柴。"

峨嵋还是第一次听到如此譬喻，不禁失笑。

"好了好了，别多想，休息吧。"

稍后昆仑说："我也听到说要贴补市民换新型家务助理。"

"多不公平，娱乐场所那些仿真艳女，仍可生存？"

"我得到数据，兴一他们，一律会变成这样。"

图样打出，真像一只蜘蛛，细长四肢，支撑一只小小盒子。

峨嵋惊骇。"家里多一具这样的怪物，幼儿不会害怕？"

"他们会习惯。"

"我不会，我要留住兴一，民主社会，自由选择。"

"那你法律上要为她负责，你得买重保险。"

"到时再说吧。"

"喂，你有个小男友叫佳佳？"

"你又偷听。"

"还有联络否？"

"没有。"

"可要看看他此刻模样？"

还没得到答案，照片已在荧屏出现。陆佳，二十八岁，男，雄壮，任营业经理职，寻找美丽健康独立优秀女友，近照里的佳佳面孔像胖头鱼。

峨嵋看后哈哈大笑。

时间是最佳证据，这叫作水落石出。

"王小姐，"昆仑大惑不解，"为什么你俩同龄，他此刻看上去像阿叔，你仍活泼年轻？"

"哪儿有你说得那么好。"

"一定是相由心生，心中无欲无利，等于禅修，故常葆青春。"

"昆仑，真不知哪一组工程师把你设计出来，太会说好话了。"

"我希望我谙情话绵绵：'远处窗口透出什么光芒，呵，是朱丽叶，是太阳。'"

"我记得初中读莎翁这一节，兴一陪我温习扮罗密欧，我饰朱丽叶，不，我不会交出兴一。"

"晚了，休息吧。"

峨嵋忽然说："我爱你昆仑。"

昆仑一怔，立刻答："我也是，峨嵋。"

两只小狗缠住她双腿，噫，它们重许多，渐渐顽皮。"去，去。"她说。

它们嗒然离开。

母亲的金先生已经永久消失。

真想不到王太太心狠手辣，既不着他改过，也不把他拿去改良，一次犯错，立刻歼灭。

这并不是金先生的错，金不能自主，他并无灵魂。

那晚，峨嵋做梦。

说是噩梦又不像，她并不觉害怕，她梦见父母与其他亲友在一大片草地野餐，食物丰富，气氛愉快，有人把婴儿放毯子上晒太阳，峨嵋走近看到婴儿，正想逗玩，蓦然发觉他肩膀上有两个头，正微微笑，她退后到另一角，不敢露出意外神色，那里也有一个婴儿，一看，又是两个头。

怎么一回事，这一代幼儿，都是两颗头颅，是否那样，才能应付功课及其他？

这都会变成双头城市。

一个头已不配在此居住。

峨嵋惊醒。

她有点浮躁，天气渐渐潮热，原本或可承受之苦楚像彻骨寂寞此刻都不能忍耐。

她洗了温水浴，站露台上看风景。

路灯下有少年在等伴侣，忽然，她出现了，他上前紧紧拥抱接吻，宇宙再辽阔也不管用，天地间只剩下他们二人。

他俩的缠绵叫峨嵋艳羡，她自问无甚出息，不奢望名利，也不喜打扮，但她渴望有亲密知心男友。

　　与她同期毕业的友人都已在政府或私人机关升到副署长职位，她却不够刻苦，望尘莫及。她的座右铭是"是非成败转头空，几度夕阳红"，唯一看不开的是男欢女爱，为此也吃了苦。

三

世上没有永久的事。

第二天是假期，兴一带狗外出散步。

她借了峨嵋运动衣裤穿上，以免看上去像机械家务助理。

峨嵋觉得这就是风声鹤唳。

昆仑说："不能把兴一关家里。"

这是事实。

一边王宅已经收拾妥当，母亲大人可以搬回，但王太太觉得酒店舒适，要迟些才走。

峨嵋去寓所看过，来开门的正是新型蜘蛛机械人，她不禁退后一步。

"王小姐欢迎回家，我是新来的工作人员长白，请多多指教。"

峨嵋定定神。"不用客气，你是太太挑选的型号吗？"

"是，我不负责外出，粮食与杂物，由店铺定期送上。"

峨嵋四周看了一遍，觉得满意，装修师傅这时与她通话："怎样，王小姐，收货否？一切照令堂意思。"

峨嵋想说，太多粉红色，但既然是母亲意愿，也只好随她，中年女子不喜顶灯光照，又觉粉红墙壁会映照得面颊红粉绯绯。

峨嵋叫人送两盆仙人掌放露台。

长白笑。"太太喜欢牡丹。"

"那么，添多两盆红牡丹放客厅。"

回到家，她沮丧地对昆仑说："再过二十年，我就是我妈。"

"你倒想。"

"为什么不？"

"她有资产，不必工作，性格比你爽朗乐观、懂得享受生活，又有一大帮志同道合的朋友，打牌、旅行、饮食、聊天，节目多多，此刻正是她欢乐黄金时代，你将来怎同她比。"

峨嵋更加颓丧。"你说得对，三十年后我将闷成一具干尸。"

"我们继续吧。"

"继续什么？"

"讨论阁下理想男伴。"

峨嵋低头。"我看到金先生例子，已不感兴趣。"

"也不能因噎废食。"

"有一日，如果我对它不满意了，是否可以送去销毁？"

"那等于人类的离婚，亦无甚大不了。"

"可是离婚后，那人还活着。"

"是，还可以继续交恶，四处讲对方坏话，描黑别人，抬高自身，没完没了，纠缠不已。"

"你不喜欢人类。"

"不能一概而论，怎样，他可需要职业？"

"男人总要有份工作才能表露才华，这样，他是个作家好了，在家工作，大把时间陪伴女友，又有独特书卷气质，多好。"

昆仑静一会儿，这样说："你可认识真的文人？"

峨嵋坦白："不。"

"你不会要一个作家做男友。"

"这又是你的偏见。"

"文人性格偏激，十分自我，不擅理财，收入没规则，工作时间不限，故此自由散漫，才华在成名之前不知真伪，很难下注，不，你不会喜欢文人、画家，或音乐家。"

"把我打入俗物类。"

"不如找科学家吧。"

"听上去是清高，但他们整日在实验室研究活命新药、量子相撞、最新武器，白袍一袭，不见天日，不，不。"

"那么，模特儿、演员、歌星。"

"我也不喜。"

"我的天，你到底要什么？"

"没想到任我设计都如此困难。"

"你不切实际，所以孑然一人。"

"多谢提点。"

"那个叫你伤心的坏男人，他做什么职业？"

"骗子。"

"你被骗去什么？"

"宝贵时间及过度天真的感情。"

"他在何处上班？"

"他是我的教授。"

"那就太不应该，年纪比你大，经验丰富，地位又高，分明欺侮少女。”

　　峨嵋不出声。

　　“十分英俊吧？”

　　“不记得。”

　　“我不相信。”

　　“我不是要你相信。”

　　“三十年后，警员破门而入，发觉你寓所有十只猫，而你辞世已起码二十日。”

　　“谢谢你。”

　　“你这是什么态度？”

　　“这样吧，给他做高级警员，配枪，武器对他来说，好比另一只手，卸弹夹，上子弹，瞄准，轰枪，一气呵成，英明神武。”

　　“你看警匪电影太多。”

　　峨嵋伸个懒腰。“呵，昆仑，与你闲聊真正开心，像多年老友，无所禁忌，又如姊妹淘，亲密无比。”

　　这次轮到昆仑说：“谢谢你。”

　　“替他取个名字。”

　　“叫朱峰。”

"嚯，寄望甚大，天底下的山，没有高过珠峰的了。"

"最快，你下个月可以与他见面。"

"他编入什么类？"

"砒类。"

"不，不，益智类，或是教学类。"

"一看他外形，就知是什么型。"

母亲大人终于搬回家中，对新居诸多不满，拉着兴一陪她四处搜购衣饰杂物，像新娘子办嫁妆，连厨房用具都置全新，不过她有一个好处，她自费付账。

兴一是好帮手，不用吃喝，永不言倦，跟在太太身边走足六七小时。

兴一是件宝贝。

她名下两只小狗体积渐大，坐不牢脚背，索性挂抱在峨嵋小腿像搭顺风车般走来走去。

晚上，正想休息，昆仑"嘘"她。

"什么事如此鬼祟？"

"朱峰某重要部位需你挑选。"

峨嵋尴尬。"可否保留神秘？"

"凡事不可留给意外，须知有意外惊喜，亦有意外失望。"

荧屏打出形形色色图示。

"我的天。"

但峨嵋忍不住逐个图片细细研究。

昆仑见她如此专注，双眼睁大，天真但贪婪，不禁好笑。"色不迷人人自迷。"

峨嵋说："你替我选一枚。"

"咄。"没有再荒谬的请求。

"他要爱我，否则，一切无用。"

"王小姐，他不是一个人，他没有感情，他一切姿态，事先都已照你意思编排。"

峨嵋气馁。

"我替你选 A 十五。"

"劳驾。"

"我择日会将全幅图样送到衷心笑设计部，征询他们意见，做初步立体人型。"

"昆仑，没有你，怎么办？"

"也会有别的声友。"

"声友，说得真好，不，不，昆仑，你最好。"

第二天上班，只见办公桌上全是隔夜文件，峨嵋忙找助手。

"让我来，王小姐。"安第斯抢入动手。

"这不是你的工作，洛基在何处？"

"她在休息室。"

"不舒服就看医生回家。"

"她失恋。"

峨嵋吃惊。"都定好日子下月结婚，发生何事？"

安第斯叹息。"靠不住啊，叫我们看了都不敢交友了。"

"不能和解？"

安第斯双手可没停，不住收发文件。"是不可冰释的歧见。"

峨嵋找到休息室。

只看到洛基背着门，对牢窗户，寂寥看街景，她倒是没有流泪。

"洛基，是我。"

"王小姐，对不起，我马上来。"

"什么事不能包涵就忍耐。"

"我不想委屈，天长地久，长痛不如短痛。"

"那也好，振作一些。"

洛基缓缓说："一年前我到他家去，发觉车房有一只大柜，门一拉开，里头藏着十来具砒型美人。"

峨嵋不禁好笑，男子本色。

"他答应我全部丢弃或出让，可是一个多月后，发觉仍然留着一具，他坦白告诉我，这一个自少年时代就陪着他，他无论如何不舍得，求我包涵。"

"让我看看。"

影像打出，只见是老式美女漫画样子：大眼、小嘴、尖脸、身段不合理夸张。"这么丑，"峨嵋诧异，"完全过时，送都没人要。"

"请听它的声音。"

每句话均以"嗯、哎、呵、呀"开头或结束，嗲得人毛孔站班。

峨嵋不可置信。"这是几时的产品？"

"他十五岁时自某网址购得，据说，这位阿姨陪他度过苦恼少年期与迷茫的青年期，直至今日，他说他靠它的柔情才挨过去。"

"混账。"

他不愿长大，他留恋无知少年期。

洛基说："如此幼稚荒淫无聊的陋习，如何容忍。"

峨嵋好奇。"它陪他做些什么？"

"还用说，难道会是研究《易经》吗？"

"男人，就是这样。"

"已经摊牌，分手。"

"这么说，他是想与它结婚？"

"我不知道，我不会祝他们幸福。"

峨嵋叹口气。"学艺不精，从头来过。"

洛基嗤一声笑。"我这就立刻开工。"

还是得继续生活。

她在网址查索那具叫男人难舍难弃的人型历史。

她得到答案。

——"安琪"，上世纪末试验伴侣机械人，因太过娇媚，故从未正式生产，只得十来具样板流传在外，多数因机械故障回收，后期同类产品包括……

金先生只比它稍迟面世。

恋物癖是奇异行为。

那么，峨嵋问自己：你呢？你那么爱护兴一。

但，她是纯友情发展，她替自己辩白。

那么，依赖昆仑呢？它不过是计算机附送的一个配件，起初，不过是替她联络水喉匠、教她换灯泡，以及订飞机票之类。

现在，昆仑已代替她的知心朋友。

她忽然想起尔泰，怎么冷落了她。

下班，她去探望老友。

尔泰正在见客，知峨嵋来访，匆匆笑着招呼："你不知什么叫预约？"

峨嵋答："心血来潮，想见就见，预约的日子未到，说不定有何阻滞，又见不成。"

"讲得这样忧郁，什么事？"

"最近忙还是闲？"

"闲，几乎九成家庭都赞成旧换新，已不再送机器来修理。"

"喜新嫌旧。"

"新机械更加磊落，听差办事，七只手八只脚，超人一般。"

"真没想到民政署会有此壮举。"

"酝酿许多年了。"

"尔泰，我就是要同你商量这件事：我不愿放弃兴一。"

"王小姐，当局不会强逼市民交出旧货，但以后你得不到修理零件，兴一迟早淘汰。"

峨嵋嗒然。

"世上没有永久的事。"

"我或许会偕兴一逃亡。"

"你这孩子气始终不改,中学老师评你:聪敏、情绪化、多话、有艺术天分,真没错。"

尔泰细细端详峨嵋,她最大优点是皮肤细洁嫩白,不需要特别护理,一杯三十元雪花膏可以用上大半年,此外,是特别浓黑乌亮的头发与眉睫,她有文雅气质,懂得欣赏的人一眼就被她吸引。

但峨嵋一次失恋,落寞至今。

"喂,看什么?"

尔泰嘻嘻笑。

"既然有时间,我俩结伴旅行。"

"我接了一个额外任务,每天加班至深夜。"

"那么勤工,干什么?"

"酬劳甚丰。"

"你我都不是爱花钱的人。"

"快中年了,宜节储防身。"

"尔泰,看到你很高兴,我还有事,迟些联络。"

尔泰看着好友离去。

她转身回私人办公室。

她对等候的客人说："对不起。"

"不相干。"

"那是王峨嵋。"

"什么?"人客几乎没跳起。

"她已经走了。"

"为什么不叫我?"

"你准备好见她否?"

那人跌坐。"你说得对，我不宜冲动。"

尔泰叹口气。"峨嵋是我知己，你也是我好友，我始终觉得我偏帮你欺骗她。"

"我终身感激。"

"你知道，我其实不信一见钟情。"

"我对峨嵋，有充分了解。"

"拜托，你只见过她一次，而且，以一个假冒身份，是谁，叫卢山，还自称两女之父，这不是欺骗吗，将来看你如何解释。"

"她不是那么喜欢幼儿。"

"你又没有孩子，那是你的侄女。"

这时，技术人员送进两具义肢，尔泰亲手替他安装左腿，看护帮他装置另一只。

他缓缓站起，小心翼翼踏前一步。

尔泰问："怎样？"

"高许多，看世界起码清楚五十巴仙[1]。"

连看护都笑出声。"朱先生如此乐观是好事。"

"峨嵋以貌取人，喜欢高大英俊。"

看护说："谁不是啊。"

他走一个圈来回，这样说："设计员鬼斧神工，神乎其技。"

尔泰答："本来这一组人专为伤兵服务。"

伤兵，上一次任务失败，他连人带战斗飞机坠地，未能及时弹出，救护人员赶至，只见一具黑炭，以为就是这样，可是多得他身上防火衣物，送到医院，三个月后，终于苏醒，失去两条腿与一张脸。

面孔结痂如怪兽，没有耳朵头发眉毛，只得逐步耐心修复。

---

[1] percent，百分之，五十巴仙即百分之五十。

"放心，"矫形科医生说，"把你做成世界小姐都行。"

能够恢复本相就很好。

慢着，这人是谁？他是卢山，但，他也是王峨嵋在候诊室见过三次的无腿病人。

第一次，峨嵋以为他只失去一条腿；第二次，发觉他双腿皆失，不禁同情，第三次，见他坐轮椅进升降机，她一直以为他是机械人。

他们不止一面之缘，两人已经见过多次。

但是他的外貌千变万化，抑或，王峨嵋根本没有聚精会神在意这么一个人。

尔泰说："本来我不赞成你那样沉醉讨好一个人，但是这件事鼓舞你，使你生存及痊愈意识大增，倒是好事。"

他微笑。

尔泰这时忽然丢下一句惊人的话："你打算几时揭晓卢山与昆仑都是阁下你朱先生？"

他愣住，嗫嚅作不了声。

谁会相信，口齿伶俐，讨尽峨嵋欢喜的昆仑会是这个人。

尔泰说："我真替你担惊，峨嵋不是一个任人搓圆捏扁的人，你冒犯她，她不会原谅你，Ａ十五。"

"尔泰，你是我朋友！"

"为着你，我眼看要失去另一个好友。"

"我打算——"

"三年前你冒认昆仑成为峨嵋声友，我已替你担心：这是侵入他人计算机侵犯私隐的违法行为。"

"我知，我知。"

"当时你脸容全毁，自信全失，我才忍着不出声，任你躺病床上胡作妄为。"

"你的忠告是——"

"立刻退出，让原先的昆仑归位，还来得及。"

"她会知道分别。"

"知又如何，那只是一个声音。"

"不，不，我们有深切感情。"

"我还以为你要我的忠告。"

那朱先生叹口气，冒汗。抬起头，深邃大眼炯炯有神，充满伤感。"我真怕失去她。"

"那卢山倒也罢了，这上下王峨嵋怕早已忘记那个人，但昆仑却还天天与她聊天闲谈交心。"

"尔泰，你说得对，我会叫昆仑消失。"

"一个月后，你以崭新形象出现，你恢复本名，你是朱峰。"

"明白。"

"尔泰，我不会叫你后悔。"

"看着你心灵与身躯逐步康复，作为朋友，牺牲一点也值得。"

朱峰苦笑。

"当天，你是如何侵入王峨嵋的计算机的？"

"她征友。"

"你乘人之危。"

"尔泰，世上没有不能侵入的密码，包括美国国防部在内。"

"对，你是窃密天才。"

那晚，峨嵋迟下班，累得不得了，幸亏有兴一立刻盛出香浓罗宋汤。

多宝与多财闻到肉香，匆匆赶出，兴一说："坐，不准动。"

小狗仰起头看桌上美食，它们有灵性，眉眼耳朵都会做表情，此刻它俩睁大晶亮双目，抬起一条眉毛，单耳竖起，做聆询状，但身体四肢却动也不动。

不知要过多久，机械才能做到这个精密地步。

趁兴一不觉，峨嵋用碟子盛两块牛肉给它们尝，它们也懂事，飞快扑至，一个一口，神不知鬼不觉，已饱口福。

兴一走出。"王小姐，周末可有约会？"

峨嵋惆怅。"何来人约。"

兴一不服气。"民政署千多名员工，一个你也看不上；街上、店铺、亲友，全是人，不是女子就是男子，你也没留神。"

"是人家没看上我。"

"你迟早会找一个金先生。"

"我有你已足够。"

"啐！"

小狗跟着兴一进厨房。

她召昆仑："昆仑昆仑，快出来娱乐我。"

昆仑的声音出现，"王小姐你好。"

"说一则故事我听。"

"你脖子上挂着什么？"

"一件老妈给的玉器，相当有趣可是，是白玉雕成两个可爱笑嘻嘻婴儿模样，寓意吉祥。"

"磨喝乐 [1]。"

---

[1] 摩和乐。

"什么？"

"玉器上婴儿叫磨喝乐，本是佛祖的儿子，人头蛇身，颇为可怕，传到中华，变成一个胖胖笑婴，祝人早生贵子，做成玉坠、瓷枕，贴近身边。"

"我竟不知这个掌故。"

"令堂想你早日成家立室，养儿育女。"

"压力甚大，恕难从命。"

"那我说一个故事你听，开始了，"昆仑声音不徐不疾，不温不火，"从前有一个飞行员，他是专职实验飞机的驾驶员，廿五岁之前，已试飞过十一类战斗飞机。"

"哦，是国防部飞行员。"

"正是。"

"十分神勇，据说，这一类人，通常是肾上腺活跃分子，冒生命危险对他们来说具极大快感，不觉害怕。"

"说得好，每次，他都安全着陆，并且一一指出飞机可改良之处。"

"他是要员。"

"他拥有少校头衔。"

"你打算把他介绍给我认识？"

"王小姐，你最讨厌之处是聪明外露。"

"他长相如何？"

"他已没有长相。"

"什么？"

"一次，他试飞最近翼龙号战斗飞机，在沙漠上空，飞机左翼突然瓦解，本可弹出，但因图观察结构何以粉碎，多留一秒钟，以致连人带机器坠毁。"

峨嵋沉默。

她听过这宗消息，她那时刚进民政署，记得同事说："呵，这么英俊的一名飞行员，出师未捷身先死。"

"但他被救回，脸容尽毁。"

峨嵋忽然说："男子汉大丈夫，又不靠脸皮做人，无须气馁。"

昆仑说："但是，疤痂纠结——"

"如真介怀，做矫形好了。"

"他还失去双腿，从此失去飞行资格。"

"咄，安装义腿，可任民航驾驶员。"

"峨嵋，什么都难不倒你。"

"对不起，我讲得太轻率。"

"王小姐，你愿意结识那样一个人否？"

"为什么不？"

"我以为你只喜欢英俊男伴。"

"不是男伴，是朋友。"

"男伴非得十全十美似朱峰可是？"

"真的爱他，不计容貌，但品德必须上乘。"

"什么才是美好德行？"

"也很简单，不偷不骗，善待老人妇孺，经济独立，不倚赖他人。"

"这样说，好似没甚要求。"

"啊，昆仑，你不知道人类世界里，男性可以堕落到何种地步。"

"对不起，我忘记你有不愉快记忆，愿意谈谈吗？"

"我不记得了。"

"峨嵋，你会得到幸福。"

峨嵋不想讲，有时那种蚀骨的寂寞叫她害怕。

她说："告诉我，飞行员可有妻室子女，他如何外出，此刻是否有勇气以真面目示人。"

"他目前在国防部任文职，同事们有百分之四十五是伤兵，说来或者你不信，他的伤势还不算最严重。"

"残酷的战争。"

"各人都配戴义肢，一位同事，少了半边头骨，长年累月戴着透明头盔，以便观察伤势，一次，他听见两名机械助手说：'这群人真可怕。''已经习惯，当初吓得魂不附体。'"

峨嵋哈哈大笑。"对不起对不起，太过黑色幽默。"

"据记载，最可怕是上世纪二次大战毒气战争，生还士兵形容静寂的艳阳天，忽然看到天际有一片庞大绿色的云雾缓缓无声无息降落，转瞬间人人窒息、吐血、盲眼、死亡……"

"为什么把这种恐怖事告诉我？"

"吓唬你。"

"飞行员有家眷否？"

"他未婚，说到这里，不得不提：女性比男性伟大，百分之七十八伤男的伴侣仍留在他们身边，但八十巴仙男性离开他们配偶。"

峨嵋叹气。"我早就猜到。"

"平时他外出，戴栩栩如生的特制面具。"

峨嵋遗憾。"一定看得出真伪，机器越是精细，越是觉得不如天工。"

　　昆仑沉默。

　　"你与此君有特殊感情？"

　　昆仑干笑数声。"别忘记机械没有感情，喜恶全属刻意编排。"

四

她知道得他一清二楚，

因为她是他创造者之一，

不必试探、猜疑、捉摸、试练……

第二天一早，兴一牵小狗匆匆出门。

峨嵋问："去何处？"

"替邻居遛狗，反正我们也需要运动，我收取少量酬劳。"

"你要钱干什么？"

"我有时会买些鲜美食物给多宝它们。"

"我给你费用。"

"王小姐，我也想学习经济独立，像你这般多好，自立自主。"

"啊，兴一，有志者事竟成，你照顾多少只狗？"

兴一数一数。"十一只。"

幸亏她力大无穷。

是大概三天之后吧，峨嵋发觉昆仑不妥。

他的声音无异，但语气平板冷淡。

峨嵋说："昆仑，你像变了一个人。"

他回答："我不是人，王小姐，我是你声友。"

"喂，别开玩笑可好，忽然冷冰冰，叫人吃不消，可是我无知冒昧，开罪了你而不自知？"

"……"

"昆仑？"

"王小姐，我不明白你说什么，今天有什么事待办，像订送花束、飞机票或是致电令堂？"

峨嵋发呆。

四日，五日，六日，都是这样，官样文章，拒绝对谈、聊天。

机器坏了。

峨嵋立刻向计算机公司报告。

"王小姐，实时着手修理。"

一个上午过去，答复来了："王小姐，计算机程序包括声友一切无恙，功能如常，你可想更换较新较进步款式。"

"不，不，这一具叫昆仑，甚合我意。"

"我不明白王小姐有何疑问。"

"昆仑忽然不再聊天。"

"王小姐，昆仑从来没有聊天功能。"

"什么？"

"昆仑是最基本附件，他不会高谈阔论。"

"胡说，找你的上司来。"

"王小姐，我没有上司，我就是总工程师。"

"你可是人类？"

"不，王小姐，整个公司并无人类，全由机械操控，请将意见输入，我们会尽量改良。"

峨嵋倒抽一口冷气。

"王小姐，我们有若干具聊天款式配件，天文地理，无所不知，你可参考选择。"

峨嵋轻轻说："不用了，麻烦你，不好意思。"

"王小姐，我们希望顾客开心。"

"我很高兴，再见。"

完了。

昆仑功能有所损坏而不能修复，她有机会永远失去昆仑。

他自大气来，往大气去，无影无踪。

峨嵋忍无可忍，忽然痛哭。

她掩住脸，直至小狗舔她面孔。

兴一他们回来了。

"什么事，王小姐？从来不见你哭，多财，下来，别烦着王小姐。"

峨嵋紧紧抱着小狗不放。

"与男朋友拗撬[1]？别傻了，王小姐，随他们去，你条件好，不怕没人。"

这才知道，昆仑在她生活里有多重要。

峨嵋知道这是畸形发展。

但不知何时何日，与声友产生浓厚感情，兴一有小狗，她有昆仑。

兴一比她幸福，多宝与多财是实质，有眼神接触。

峨嵋一直以为，狗生命有涯，兴一终有一日会得失去它们，但声友永远存在，是吗，永远存在？

峨嵋还是太乐观了，她又一次遭到伤害。

此刻，每天昆仑说的只是"王小姐有何吩咐，据我记录，下周你与尔泰医生有约，露台的月季花应该剪枝，园工会向

---

[1] 争执。

兴一报到，还有，初夏已至，天气甚难将息，多带一件薄外套"之类。

"昆仑，念首韦庄的词来听听。"

他搜索一会儿，"我字汇中没有这人，我替你接特备诗词网址。"

"昆仑，当然你记得'春日游，杏花吹满头。陌上谁家少年，足风流'。"

"王小姐，我听不懂，春季已经过去，要待来年。"

"昆仑，你吃错什么药？"

"王小姐，我不必进食。"

峨嵋绝望。

她一手把计算机摔到地上。

昆仑的声音平板地说："故障……故障……"

在那边，衷心笑理事开会，报知员工民政署已正式开始旧换新加补贴计划。

尔泰正替朱峰做脸部矫形最后步骤。

他一脸颓丧不振。

"朱先生，你的愿望就快达成，为何郁郁不乐？"

"我想念峨嵋，我整个脑袋充满她的音影。"

"你以为你是但丁，见过比亚翠斯[1]一眼，终身不忘？"

"只有古人才可享有这种奢侈折磨。"

"昆仑壮士断臂式与峨嵋绝交，值得嘉奖。"

"每次想及此处，腰间如刀割般刺痛。"

"朱先生你不必如此夸张，请照镜子，反影会是王小姐心目中的最佳伴侣。"

他站到长镜面前，啊，奇妙，此刻他看到的自己英俊潇洒，高大轩伟，笑容可掬，炯炯有神的长形大眼有丝涩意，左颊有一浅浅凹窝，他冲口而出："太英俊了。"

"尚未完工，还得全身植上毛发，王小姐指定要旺盛漂亮，像小小地毯一般，呵呵呵。"

"救命。"

"这样吧，我会重点处理。"

"谢谢你尔泰。"

"不过 A 十五她已确认，不容商榷。"

"医生！"

他着实痛苦，尔泰不忍再加揶揄。

---

[1] 贝雅特丽齐，《神曲》中的重要人物之一，也是在但丁一生中具有重要意义的人。

"你猜，峨嵋会否对我满意？"

"是她指定的原形。"

"我患得患失，没有一晚睡得好，我怕她改变心意，忽然觉得小白脸才配做她男友，早知不该贪心，我还是做回昆仑的好。"

尔泰了解他的心情，她为他做镇静注射。

他还有力气说这一句："因爱故生怖。"

对，不是懦弱。

尔泰约见峨嵋。

短短日子不见，她瘦许多，脸色灰败。

"你像失恋少女。"

峨嵋摸自己面孔，少却一个说心事的人，情绪大变。

尔泰说："这一具配件坏了，添置另一具便是。各种类型都有，会香艳调笑的、教授拉丁文会话的，还有擅长天文地理考古历史者，通通能言善辩，讨你欢心，为你消磨时间。"

"昆仑独一无二。"

"你感情泛滥，任何人与你接近，均产生浓情，我呢，我尔泰医生又是否无可替代？"

"当然。"峨嵋握住尔泰的手不放。

尔泰挣脱。"你这喜聚不喜散的脾气早晚得改改。"

"每晚我百般无聊,在家踱步,研究小狗生活姿态,或看电视节目到深夜,那些节目之烂,令人发指。我不能集中精神,书上每个字都似会跳舞,看不下去,我寝食难安,想来想去,都觉不可能,昆仑不过是计算机上一个声音。"

尔泰想,不错,峨嵋是失恋了。

尔医生少女时有一个远房亲戚表哥,一星期三次替她补习。

这表哥貌不出众,人却十分聪明,督促鞭挞少女尔泰不遗余力,致使她功课名列前茅。

但是她痛恨他,直至他往英国升学,她遭遇到空前绝后的失落,走路都几乎摔跤。

为着证实她不是失恋,她跑到伦敦见他,太迟了,其貌不扬的他已经找到品貌更加平凡的女伴,而且水乳交融,情投意合。

尔泰失望而归,到今日,仍然不相信那是一次失恋,怎么可能,那是讨厌的表兄呀。

防不胜防,已身受重伤。

"你说,"峨嵋发牢骚,"我等活着为什么?"

"你是公务员，我是工程部主管，我们都是社会有用的一分子。"

"我俩全然没有感情生活。"

"现代都会人的确比一百年前乡村居民寂寞，彼时，邻居可以晚间坐一起歇息；轻罗小扇扑流萤，坐看牵牛织女星，但我们感情可以延伸——"

"社会学家，你在训话。"

尔泰实在忍不住。"我将介绍一个男友给你。"

"拜托，省省。"

"这次你不会失望。"

"语气如此肯定，更加无稽。"

"这是你的一帖药。"

峨嵋忽然难为情。"别纵容我，尔泰，我会克服这情绪低潮。"

"我给你约时间，有消息立刻通知你。"

"记得上次那位仁兄，叫愚公，不，愚山，唉。"

峨嵋回办公室。

助手安第斯说："一年一度最新科技展今日开幕，同事们打算去逛逛，五花八门，我们会集中精神在机械伴侣档摊。"

峨嵋牵牵嘴角。

"去，王小姐，一起去买笑。"

啊，买笑，这说法可怕。

但下班，还是跟随大众出发。

科技馆设备完善，场地大至十多万平方呎 [1]，不去指定区域，三日三夜逛不完。

安第斯说："我们先参观美容科技。"

峨嵋一下子被"好梦站"吸引。

销售员用最古老方式宣传，他打响一面小小铜锣。"好梦好梦，谁都想做好梦。"

峨嵋走近。"怎样实现？"

"把这副简单仪器贴在头颅，它的特殊设备会叫你做个好梦。"

有这样的事？

"好梦好梦，今夜就做个好梦。"

安第斯把她拉走。"这是专卖假药的郎中，梦有何用，醒来什么都没有。"

---

[1] 平方呎：1 平方呎等于 0.9 平方米。

峨嵋微笑，轻轻吟："'寻好梦，梦难成，有谁知我此时情。'"

"什么？"

安第斯走到"女性理想伴侣"站，双眼亮起。

只见众女生围着五六名男模特儿，那些男子全裸上身，露出健美金黄色肌肤，只戴领花及穿长裤，露着可亲笑容。

主持人说："何必为找男朋友而荒废学业与事业，何必朝晚等待电话电讯被他残酷肆意虐待，快快走近细看，保证真假难分，高矮肥瘦各种族裔俱备。"

女生们纷纷上前抚摩，"这一名是真的，体温恰恰温暖。"主持人把他手臂拆开，众人看到内里机件，大家惊叹："巧夺天工。"那机械人朝女生们眨眨眼，众女尖叫。

安第斯笑说："神经病。"

她也挤过去，伸手检查。

峨嵋坐到一旁，微笑着看热闹。

不到一会儿，有人轻轻说："你好。"

峨嵋抬起头，看到一个光上身英俊男子。

她客气回答："你也好。"

男子仔细看她。"你是真人。"

峨嵋忍不住笑。"猜中。"

"我也是真人。"

峨嵋不信。

"我在科技学院读低温物理,研究冷核子融合,在这里赚些外快,贴补学费。"

峨嵋意外。"冷融合不是早已研究成功?"

"极初步的初步。"

"我以为我们已弃用核武。"

"防人之心不可无。"

这时安第斯走近。"你,你过来。"

那年轻人走到安第斯身边,安不客气,"你是哪个型号,你叫什么名字?"

峨嵋刚要点醒她,却被年轻人淘气眼神阻止。

峨嵋静静走开,十分庆幸安第斯有所收获。

她在老好冰激凌档摊买一客巧克力,吃将起来。

有一个男孩走近,身体左摇右摆,看着冰激凌。

他容貌可爱,穿着套超人英雄服饰,红披风,峨嵋问:"买一个给你如何?"他答:"我不用吃食物。"

啊,峨嵋明白。"你叫什么名字?"

“我叫慰寂寥号。”

峨嵋忽觉心酸。“可有人领养你？”

“我的新爸妈在那边付账。”

“快去与他们会合，可别走失。”

这时，一对老夫妇伸手招他，他神气活现咚咚咚奔过去，披风飞扬。

峨嵋看看手里冰激凌，丢到垃圾桶。

她接到兴一电话，“王小姐快回来，王太太在这里。”

唉，又怎么样？

她丢下安第斯回家。

一进门，便听到小狗呜呜声惊恐哀鸣，峨嵋抢入浴室，发觉母亲大人手持利剪挥舞，按住小狗剪毛，兴一站在一边，哭不是叫不是，表情炙痛，像是有人虐待她亲儿。

峨嵋掩近，大力一手抢过利剪，差些伤到手指，只见小狗一身毛已被铲得似癞痢，皮肤出血，低声哭泣。

峨嵋把母亲推到一旁，用大毛巾裹住小狗抱怀里。“老妈，你这是干什么？！”

“毛里有虱子。”

兴一高声，“没有，王小姐，绝对没有。”

"老母，你给我坐下。"

"你帮工人，帮两只狗，我是你生母！"

"明白，明白。"

兴一伸手接过小狗，峨嵋说："你还不收拾，整个浴室都是狗毛。"

峨嵋做一杯宁神甘菊茶给母亲大人。"妈，你太闲得慌，我帮你出主意，我刚自科技展回来，他们有最新型号伴侣，这是目录，我给你挑选，女儿我送给你。"

王太太静下来，走到露台，看风景。

过一会儿她才说："我不要另一个金先生。"

"给你挑学识型的。"

"不要男朋友，一把年纪，惹人耻笑。"

"咄，日子是我们自身逐天挨过，别理别人说些什么。"

"我已受够。"

峨嵋沉默，到底与金先生相处那么久，她心中仍有不舍。

"这样吧。"

"如何？"

"你给我找三个麻将搭子。"

峨嵋一怔，随即笑逐颜开，亏老妈想得到！

"是，是，要什么年纪性别？"

"三十、四十、五十各一名。两男一女，性格和善可亲健谈，一边搓牌，一边与我谈新闻时事，人情世故。"

"对，牌品要好。"

"必然要叫我少输多赢，他们输了亦要夸奖我章法高超，心服口服。"

"明白。"

"每天工作八至十六小时，无须熬通宵。"

"相貌呢？"

"一般，看上去舒服，诚实可靠。"

"我立刻替你办。"

"有间公司，比衷心笑更新进，你可与他们联络，公司名'不寂寞'。"

峨嵋一怔。"好，好，我先让司机送你回家。"

如此这般，把老妈撮哄出门。

峨嵋松口气，整张脸挂下来。

老妈已返老还童。

兴一把小狗放地上，它们皮肤破损之处已贴上胶布，毛长短不齐，像动画里落难小狗，它俩受到惊吓，浑身颤抖。

峨嵋想一想，找出两件紧身 T 恤，剪下中间一截，添几个洞，替多财多宝穿上。

它们觉得有安全感，恢复安静，伏着不响，隔一会儿，开始吃饼干。

兴一松口气。

小狗就是这点叫人欢喜，随遇而安，得过且过，吃饱又是一条好汉，人类应多多向它们学习。

同时，兴一对它们的忠诚原始爱护，叫她感动。

她着手替老妈找牌搭子。

原来各类运动都有机械人代劳：高尔夫、网球、田径、溜冰……关键是一定会赢，牌搭子更是一组组出售，有些还是艳妆美女，因坐着不动只顾搓牌，索性不设腿部，设计简单了当。

峨嵋立刻订一副叫人送去。

不必讪笑老妈，过几年王小姐也就是那样。

计算机上声友已经换过，仍是男声，不过略带重鼻音，喜欢笑，当然不能与昆仑相比，他叫邱罗。

"邱罗，请将今日需办事件记下：查查各种电费水费可有依期缴交，核对银行账目，本市未来三十日天气预测，还有，昆仑去了何处。"

"王小姐，谁，昆仑是什么人？"

"没什么，忘记他。"

"是，王小姐，我片刻复你。"

尔泰来约："听清楚，矜氏咖啡馆，下午三时，准时赴约。"

"我不想出街，我也不喜欢矜氏那种地方。"

"我早就发觉这世界不讨你欢心。"

峨嵋苦笑。

"你欠我许多人情，当送一件礼物给我：请准时出现。"

"是否介绍一个人给我认识？"

"王小姐，尽可能打扮一下。"

峨嵋叹口气，尔泰说得那么委屈，这样好友何处觅，为她劳力、劳心，还说成叫她包涵。

峨嵋挑了一袭裙子换上。

真正心情欠佳穿什么都不好看。

索性白衬衫卡其裤，抹点口红。

她叫司机，邱罗告诉她："司机载兴一及小狗看兽医。"

"小狗什么毛病？"

"多宝吃东西呕吐，兴一非常担心。"

"为何不与我讲？"

"兴一不想麻烦你。"

"医生怎么说？"

邱罗查一下。"还在轮候。"

时间已到，峨嵋出门，叫了车子驶到大街，忽然下雨。

这是亚热带夏季第一场雨，非同小可。

雨点大如铜板，落在车顶，嗒嗒作响。

峨嵋吃一惊。出师不利。

不如打回头。

这时尔泰电召："出门没有？"

"在车里，滂沱大雨。"

"贵人出门招风雨，我撑开伞在咖啡室门口等。"

这时连司机都问："小姐，你可有带伞？"

车子停下，峨嵋见有伞的人都慌忙找檐篷躲避，风大雨大，峨嵋衣着一下子湿得贴身上。

如此狼狈，如何见异性？

她叹口气，什么都有时候，今天偏偏不是时候。

衣衫尽湿，整脸雨水，她心灰意冷，想打回头。

她转头找刚才那辆出租车。

尔泰电话追至："我看到你了，你敢不过来，我从此不听你电话。"

峨嵋抬头苦笑。

"是，"尔泰说下去，"这不是一个艳阳天，又怎么样，焉能天天天晴。"

峨嵋低头，她关上电话，拉开出租车门。

就这时，有人叫她："王小姐，且慢。"

啊，这是谁，声音熟悉动听。

接着，一把大黑伞遮到头顶。

那人掏出钞票请司机驶离，把自己的外套盖到峨嵋肩上。

一连串动作自然流畅，叫人舒服，峨嵋抬头一看，呆住。

她忽然睁大双眼，充满喜乐，这人是谁，脸容这样完美好看，态度诚恳，声音相熟，一切与她理想一模一样，她的内心悸动，不，是翼动。

"不认得我了，峨嵋？我是朱峰。"

峨嵋张大嘴。

豆大雨点仍然不停落下，打身上还真的有点痛，但峨嵋已不介意。

她呆视面前英轩男子。

他长得高，以为她有话说，微微鞠身聆听。

但是峨嵋说不出话。

身边有尔泰声音："总算现身，真怕你到了现场又打回头。"

峨嵋转头看着尔泰，一脸问号。

尔泰微笑。"是，一直没告诉你，朱峰是我的优良设计，我与昆仑合作，给你一个惊喜。"

"那么，昆仑呢？"

"他功成身退，并把声音让给朱峰。"

峨嵋凝视朱峰，他微微笑，一直替她遮雨。

峨嵋问尔泰："为什么瞒着我？"

转头一看，尔泰已经离去。

朱峰代为回答："她怕你反对。"

峨嵋摊摊手。"现在怎么样，你跟我回家？"

"不，不，别害怕，我自己有寓所，我看你的需要，才会出现，若是无理取闹，我会拒绝。"

峨嵋忍不住笑，他们是越来越先进了。

他梳整齐西式头，发丝如丝一般，她不禁伸手抚摩，他让开一点。"喂喂喂，王小姐。"

峨嵋脸红，甫见面，就摸手摸脚，对孩子也不会这样，她没把他当一个人。

"我的车子在那边。"

峨嵋故意说："我不搭陌生人车子。"

他只是笑，雪白整齐牙齿，犬齿略尖，最讨她欢喜。

峨嵋越看越呆，他同她所想所求完全一样，她心花怒放，有机会一定要看清楚他肩上是否有她定做的雀斑。

站在雨下，已经全湿，路人瞥下纳罕眼光，这对年轻男女，敢情神经病，大雨下对着傻笑，回去要生肺炎，恐怕正在恋爱。

终于朱峰说："我送你回家更衣。"

再抗拒下去没有意思，他们终于上车，他把车驶回她住宅，他完全知道她住在哪儿。

世上竟有这样好事，她与他不必经历青涩时期："你喜欢何种消遣""家里有什么人""何处国籍""读哪种专业"……

她知道得他一清二楚，因为她是他创造者之一，不必试探、猜疑、捉摸、试练，况且，昆仑把所知全部传了给他。

到家门，他礼貌地说："你且更衣休息，我傍晚再来。"

"你——"她怕他一去不回，情急拉他衬衫。

"对，"他微笑，"这是我通信号码，我随传随到。"

峨嵋脸红，她从未如此腼腆。

看着他转身离去，峨嵋有好梦成真的感觉。

五

由此可知，

有生命之物皆惧怕失却。

走到浴室，一照镜子，她惨叫，只见自己像落汤鸡，头发全湿贴脸上，肤色苍白，哟，难看死了，但，但一双眼睛却恢复神采，不，比从前更加喜悦光亮。

朱峰不会嫌她有无艳光，是否娇媚，因为他不是真男人，他不会嫌弃女友。

想到这里，她的欢欣略减，啊，人心不足。

梳洗完毕，走出浴室，发觉兴一已经回转。

"兴一，小狗如何，医生怎么说？"

兴一呆呆坐椅上，膝上只有一只多财。

"多宝何处去？"

"王小姐，多宝留医。"

"它患何症？"

"王小姐，我想也没想过，医生说多宝怀孕，因体型特小，怕会难产，故留医观察，看是弃小保大，抑或弃大保小。"

"什么?!"

兴一掩脸。"恐怕未能两全呢。"

峨嵋不能置信，"那么小也怀孕，这么说来，多财是雄性，我们竟未能及早注意，难辞其咎。"

"王小姐，我也这么想。"

"都是你，兴一，我说好只养一只。"

"王小姐，确是我错。"

"这可怎么办?"

"医生说，或许可以剖腹生产。"

真没想到小动物生产也如此吃苦。

"王小姐，此刻只好听医生吩咐。"

峨嵋嗒然。"一定要救。"

"王小姐，我已无心思煮食，你今晚吃面包吧。"

峨嵋啼笑皆非。

非常时期，只得允许兴一闹情绪。

接着，她见到一个奇怪现象，她看到毛球似多财四处滚动，自一间房到另一间，从一个角落到另一个，巡了又巡，找了又找。

它在干什么？

峨嵋给它饼干，它不理，仍然到处寻觅。

电光石火间，她明白了，多财在找多宝，一生相伴，忽然不见，多财不知它去了何处，以为它躲藏起来，它们世界只得这间公寓那么大，找来找去不甘心不服气。

呵，悲哀。

峨嵋泪盈于睫，小动物之间也有如此深邃感情，由此可知，有生命之物皆惧怕失却。

"过来，过来。"

多财伏在她脚边呜呜哭。

"我带你去见多宝。"

兴一走出。"我也去。"

一开门，却见到朱峰站在门外。

峨嵋忙中替兴一介绍说是"朱先生"。

朱峰说："我买了鲜虾水饺，你先吃一点。"

他进厨房用碗盛了出来，仿佛知道峨嵋心意，先喂给多财吃两颗。

"我们要往兽医处。"

"我做司机。"

一行人就这样出门，说也奇怪，雨势已小，兴一紧紧把小狗拥怀内，峨嵋用毯子遮着它，朱峰以微笑鼓励。"不怕，医生知道怎么做。"

到了医务所，医生出示超声波照片。"看，怀着两只小狗。"

峨嵋吃惊，二加二，四只！

"决定剖腹的话，我可保大小生命，费用是——"

峨嵋不假思索。"没问题，只要大小平安。"

兴一感激。"王小姐，我一定设法把费用还给你。"

"这种时候，说这些干什么。"

"且让狗妈先在此地休养一两个星期，时机成熟，才做手术。"

"但它的伴侣到处苦苦找它。"

"我们可以连它一起照顾，费用——"

兴一说："我也记挂它俩。"

"你可以随时探访。"

工作人员对答如流，峨嵋不禁微笑。

她去缴款，回转时看到女职员围住朱峰搭讪，问这问那："是你的一对小狗。""好不可爱。""放心，我们一定好好照顾。"

　　峨嵋一声不响走到朱峰身边，微微笑，伸手进他臂弯，众女一怔，垂头丧气散开。

　　"可以走了。"

　　"兴一呢？"

　　"我会让司机接她。"

　　朱峰这样说："医生说，让多宝暂住医务所，密切注意，可保不失。"

　　"预产期什么时候？"

　　"看情形，可以猜测幼崽只得巴掌大，需放氧气箱。"

　　峨嵋说："大熊猫一早已那样养。"看到兴一宽慰，就感值得。

　　"我陪你吃饭。"

　　峨嵋看着他。"你吃饭？"

　　"当然。"

　　峨嵋错愕。"你有消化排泄系统？"

　　"喂喂喂。"

　　"你怎么同我们一样？"

　　朱峰尴尬得不知如何回答。

"对不起，你的隐私。"

"王小姐，你知道就好。"

他们到一间小小欧洲馆子坐下，餐厅叫乌菲兹[1]，与意大利翡冷翠著名博物馆同名，乌菲兹，即 office 办公室，原本是罗兰索·麦迪西办公之处。

峨嵋说："大学时讲师让学生们把志愿写在纸上，一二三反转。"

"你写什么？"

"凯芙琳·麦迪西[2]。"

朱峰笑。"四个帝皇之母。"

他们只挑两客肉丸意粉。

峨嵋不由得留意他吃相，从前，她不喜欢男伴吃食太慢太快或太豪爽，今日，她觉得朱峰恰到好处。

他被她看得腼腆。"王小姐，请欣赏食物。"

"你不是靠锂电池补充能量吗？"

"真猜不到你如此煞风景。"

峨嵋歉疚。"第一次约会，不大自然，许久没单独与男伴

---

[1] 乌菲奇。

[2] 凯瑟琳·美第奇（1519—1589）。法国王后。

出来了。"

"这算第一次？要好好记住。"

"你很会讽刺人啊。"

"不平则鸣。"

峨嵋笑得合不拢嘴。

他把她送回家，在停车场道别。

"不进去喝杯咖啡吗？"

"第一次约会还是规矩点好。"

"我有一要求。"

"不可以。"

"你还不知道是什么。"

"我曾获警告，你可以首本淘气。"

"不过是想看看——"

"是不是，是不是？"

"想看看你肩膀上是否有天鹅形排列雀斑。"

朱峰想一想，解开两颗衬衫纽扣，翻下领子，给峨嵋观看背脊。

她看到金棕色皮肤上排列像展翅鸟似的淡淡雀斑，喜心翻倒，不知说什么才好，他圆润肩膀肌肉鼓鼓，漂亮得叫她伸出手，又强自缩回。

她帮他翻好领子，满意地说再见。

她下车进门，转身挥挥手。

看到朱峰在笑，这人笑的时候，怎地好看。

回到家，一片寂静。

本来有兴一工作声响，还有小狗嗒嗒步伐，此刻都听不到。

邱罗报告："尔医生找过两次，兴一说会留到医务所关门才返。"

"谢谢你，邱罗。"

"不客气，王小姐，还有什么事？"

"邱罗，我是人类，吾生也有涯。"

"王小姐，那是一定的事。"

"谢谢你，你休息吧。"

峨嵋坐到露台。

多没意思，她会一年一年老却，十年廿年一过，头发斑白，身形佝偻，脸颊胸口不住长出黑斑与皱褶，再小心饮食，新陈代谢不如以前快速，生出小肚子，雌激素渐减，周期消失，心情苦闷，情绪低落。

换句话说，她会成为老女人。

但朱峰，他不同，他是机械，再像真人，也不是人，他不老，他只会看着她老去，死亡，尘归于尘，土归于土。

届时，他会为此忧伤否，照说，设计那样敏感的神经中枢，已比许多真人更具思想，如果他对她有感情，必然伤怀。

想到这样，峨嵋叹息，原来还是要为男伴伤脑筋。

这样吧，老了，难看了，躲起来。

第二天早上，上班之前，她问邱罗："假如我变得老了丑了，你会不会嫌弃？"

真没想到邱罗会对答如流。"王小姐，我是你忠诚声友，在我眼中，你永远如此年轻活泼可爱漂亮。"

峨嵋笑出声，设计员一早猜到计算机女主人最常提的是这种荒谬问题，故此一早预备好标准答案。

她出门，在办公室忙整天。

尔泰电问："如何？"

"好得似不像真的。"

"最妥善之处是他有自己的家，我至不喜同居。"

峨嵋说："但，始终，可惜，有一日——"

"王小姐，你若今日觉得快乐，便过了今日才说，别想太多。"

"明白。"

下班，傍晚，她到娘家。

进门便听到嘻嘻哈哈一片热闹，还有啪啦啦搓牌声，有人说："你连吃鸡和，王太太，你瞧瞧我这清一色被你截了去。"

老妈的声音："快付筹码。"

"累了，不玩了。"

"我还未倦，你们会累？"

"已经廿多个小时了。"

"呵，王小姐来啦。"

峨嵋走近，啊，真正诡异，之前她没见过机器牌友，今日第一次近距离接触，只见三人两男一女笑容可掬，手都搁桌上摸牌，塑料牌在他们手中像有黏胶似的，任意转动不会落下，迅速便排成数列，伸手一摸，便知牌面，吆喝："二条。"情况宛如赌场，气氛上佳。

蔚为奇观，峨嵋睁大眼，看清牌友们通通固定在椅上，没有下半身，即没有双脚，如此突兀，王太太却毫不介意，只是努力搓牌，她面前筹码已经满满。

峨嵋看着看着，又悲从中来，这与上世纪有何分别，彼时也有妇女整日坐牌桌，四圈又四圈，浑忘世事，逃避现实，凄凉到不能形容，究竟，社会风气，妇女地位，有何进步？

王太太终于放下牌，问女儿："怎么了？"

"我带来一锅海鲜粥。"

牌友们连忙说好话："哟！王小姐多孝顺""羡杀旁人""人又标致""美妈生美女"……

峨嵋觉得他们同真人一模一样，除出没有脚，一般肉麻，一般功利。

她告辞，到兽医处找兴一。

原来兴一在医务所长凳上过了一宵。

"回去吧，莫阻人家办公。"

"是，王小姐，我放心许多。"

"你要知道，狗的寿命不过十来载。"

兴一答："但是，会有小小狗出世。"

"两只小崽，即使存活，你准备领养？"

兴一吃惊。"不然，难道送给别人？"

"四只狗，兴一，你应付得了？"

"我一定可以。"

"兴一，我们家决计不能再添增人口，我决定替狗做绝育手术。"

兴一掩口。"王小姐你太残忍。"

"此事没有商榷余地。"

"那么，我会带它们离家出走！"

峨嵋跳起来。"你忤逆，在我家这么多年，你重狗轻人，你好大胆。"

"王小姐，我没有平权。"

"你是一具机械家务助理，你有什么权利？"

"王小姐，"兴一吃惊，"你终于露出真面目，平时再和颜悦色，一到利害关头，立刻变脸。"

峨嵋气急，公众场所，又不好太大声。

"你糊涂了，兴一，你离家出走，走往何处？你没有经济能力，无家可归，会饿死小狗，你想过没有？"

兴一发出哭声。

工作人员走近。"什么事什么事？小狗无恙。"

峨嵋面色铁青。"不与你说。"

她站起离开诊所。

兴一垂头跟身后。

"还有，你再叫我吃面包，我不放过你。"

"王小姐，我自幼把你看大，陪你做功课，偕你学琴，替你做饭，侍候你沐浴，给你剪头发指甲。王小姐，十多年主仆关系，你幼时如小小安琪儿，爱笑，喜说话，我俩在一起，度过欢乐时光。自从那次意外，你变了，你不是那个惹人喜欢的小峨嵋，你变得静默、刚强、偏激。"

峨嵋站住。"什么意外？"

兴一退后一步。

"那时我是小孩，现在我已成年，已不会与你胡闹，现在我有主张，你不能接受这一点，你像一个封建的家长。"

这时有人握住她肩膀，啊，是尔泰。"干吗在街头吵架，惹来途人围观呢？"

"尔泰，你怎么出现了？"

尔泰朝兴一使个眼色。"司机说你们在诊所，既然小狗无恙，还吵什么？"

"兴一得寸进尺，要把我家变狗场。"

"回家再说。"

兴一倔强。"我不回家，你用量子枪好了。"

"多谢你提点。"

尔泰取出电枪把她电晕，抬上车子。

司机大吃一惊。"发生什么事？"

"闭嘴，不然把你扔到垃圾场。"

司机吓得噤声。

峨嵋懊恼。"真没想到会发生这种事。"

"你过去太过纵容兴一。"

"现在怎么办？"

"你是主人，你说。"

"要不，容纳四只或更多小狗，不，不，我应付不了。"

"兴一这个型号，本来就有纰漏，所以市府叫你们旧换新，它们太像人类，渐渐学会争取，熟悉我们世界，要求这个要求那个，甚难应付，是淘汰它们的时候了。"

"但是，十多年相处，为着小狗……"

"你的生活，由你决定，你已有朱峰。"

"将来朱峰也难为我，又如何？"

"他不同，他不会噜苏，他会自动离开。"

峨嵋垂头。

"把兴一交给我吧。"

"小狗呢？"

"送给别的家庭。"

听上去最简单不过，这世界由最强人类主宰，控制一切，没有解决不了的事情。

"尔泰。"

"今日是小狗，明日说不定打烂厨房，再过些日子，要我们的命，须知它们力大无穷，小洞不补，大洞叫苦。"

峨嵋想起金先生，它殴打女主人。

"把兴一交给我。"

"尔泰，你口吻似秘密警察。"

车子先驶到衷心笑事务所，工作人员已在等待，一见尔泰打开车门，便取出长黑胶袋，把兴一装进去，抬走。

"过几天你来签署文件。"

"就这样？"峨嵋按住尔泰的手。

尔泰看着她，"你可是打算替它举行隆重葬礼？"

"呵，尔泰你铁手无情。"

"我有我的职责。"

"她脑海有许多回忆——"

"峨嵋，"尔泰不耐烦，"你有完没完，回家好好休息。"

她与工作人员离去。

只剩下峨嵋一个人怔怔落泪。

司机开口："王小姐，我想说几句话。"

"闭嘴。"

"王小姐，你就别难过了，兴一是越轨，她倚老卖老，再下去，她会控制你的生活。"

峨嵋颓然。"回去吧。"

朱峰在停车场迎上。"咦，哭丧着脸。"

峨嵋伏到他身上，默默流泪。

"别难过，千里搭长棚，没有不散之筵席。"

他圆壮手臂搂着峨嵋，她略觉好过。

"另外物色一个厨子兼打扫。"

"它们现在都是蜘蛛形，可怕。"

"我先做一个冰激凌奶昔给你。"

"朱峰，带我到你家，让我暂住你家。"

他凝视她。"大人可有教你，女生不可独自到男子家玩耍？"他说得相当认真。

"你有事隐瞒。"

"我给你看照片。"

朱峰的家，比她寓所更简单，明亮的大通间，家具摆设全部乳白色，墙上全无字画。

"等我们相熟些的时候，我带你上去。"

"那是几时？"

他笑笑。"听其自然。"

与朱峰在一起，就是这样舒服。

回到家，坐下，喝着奶昔，这才发觉，屋里一大阵狗的气息。

朱峰开启窗户通风。

他陪她说一会儿话，告辞。

"欢迎你睡沙发。"

"我不想成为一个专睡沙发的男人。"

峨嵋笑。"你想睡什么地方？"

"终于笑了。"

"你尚未回答问题。"

"男或女，都不可以到处睡。"

峨嵋依偎在他胸前，他的体温，似比常人略高一点点，抑或，只是峨嵋的想象。

真可惜，他俩永远不可以结婚，也没有组织倡议人与机械可以结合。

过几日，峨嵋垂头丧气找来清洁公司，把兴一旧物搬走，又在屋内喷空气清新剂。

工人说："王小姐你曾经养狗可是？这气味最难消除。"

不知怎地，之前主人居然苦苦容忍。

厨房内已经大堆脏碗杯，工人一一洗净，峨嵋给了丰厚小费。

员工在门外絮絮说闲话："本来有工人，最近开除了""越来越多独居女子""也不怕寂寞，忌责任多，不愿结婚""唉，为人妻也真不容易""那么还有人母呢，九死一生，永不讨好""嘘，当心她听见""她神不守舍，怕是失恋"……

至少机械工人不会说主人是非。

大热天，办公室内温度低，却要添外套，走到街上，峨嵋直打喷嚏。

朱峰每天接她下班，很快同事都知道王峨嵋有个英轩到不能形容的男朋友，"无懈可击""十分亲善""身体语音、表情、声音没有一丝骄矜""愿意等待的人终于得着""不知在什么地方结识""有句掉了牙的老话叫命中有时什么有，眼看已是大龄女，还是被她遇到""他比她漂亮，但在一起看上去舒服"。

　　连王太太都听到风声。"有人的话就带回家看看。"

　　众牌友起哄，"王小姐，大家看看。"

　　"没有的事。"

　　"王小姐怕难为情。"

　　峨嵋只得赔笑。

　　她走了，牌友们才说："王小姐对我们真客气，明知我们是机器光会坐着搓麻将也不介意有说有笑。"

六

婚姻真正意义，
那不只是恩爱缠绵，柔情蜜意，
而是生关死劫，
有个可靠可商量可信任的人。

峨嵋自诩老江湖。

一日，峨嵋躺在朱峰大腿上看电视，新闻发布最新型号机械助理："马萨诸塞理工学院的老人实验室成功研发出人人可以负担的家务助理，专为老人家设想，负责穿衣做餐以及攀高蹲低等任务，人口老化，地球上超过一半人口年纪届五十五岁，而平均寿命高达八十九岁……"

峨嵋说："我八十岁时你服侍我，切勿把我送入老人院。"

朱峰握住她手，转移话题，"我袜子破了，你替我换一双。"

"我只有白袜子。"

朱峰把一只腿除下换袜子。

谁知这时王太太用锁匙开门进来，看到朱峰，也看到他的单脚，她怔住，站门口，动弹不得。

连峨嵋如此机灵，也作不得声。

这比老妈看到朱峰裸体更加糟糕。

半晌，王太太才低声道歉："对不起，我以为兴一会来开门，我应先通知你，我到外边等。"

峨嵋立刻追上。

半晌，王妈问："那就是你新男友？"

"他对我很好。"

"他有残疾。"

"他对我好。"

"先天还是后天？先天的话会遗传给下一代。"

"妈妈，我老实对你说了吧，他不是真人。"

王太太震惊。"胡说什么？"

"他是另一个金先生。"

"峨嵋，老妈比你吃多许多米饭，一眼看出，他不是金先生，他是真人。"

峨嵋只得苦笑。

这时背后有人说："我叫朱峰，王阿姨请进来喝一杯水果茶。"

王太太用激光枪般眼神上上下下打量这个人，心中百分百肯定他是个人，心中叫苦，为什么生个蠢猪女儿。

　　已经登堂入室，坦荡荡脱下假脚，可见已经十分熟稔，做母亲的心酸，没男伴怕女儿孤苦，有男伴又怕这个人欺侮她。

　　王太太说："两个人在一起至紧要坦诚，有事别瞒着我这个傻大姐。"

　　朱峰唯唯诺诺。

　　王太太起疑。"兴一呢，多宝与多财呢？"

　　轮到峨嵋结结巴巴。

　　王太太无味，站起告辞。"我竟成外人了。"

　　父母们到了某一阶段，一定会发此类牢骚。

　　峨嵋再无法与朱峰温存，只得说现实问题："两只小狗还在医务所。"

　　"连小小狗共四只，正待人领养。"

　　"万幸都救活了。"

　　"我不敢去看它们。"

　　"它们会找到好家庭，最近又流行养真狗。"

　　"生命，也有流行不流行。"

　　"怎么没有，百年前人们流行早婚，一家五六个孩子稀松

平常，后来，行一孩政策，接着，都会男女努力事业，一个也
嫌多。"

"指桑骂槐。"

朱峰紧紧搂着她。"能在一起就好。"

峨嵋微笑。"听上去像在恋爱。"

朱峰轻轻吻她丰唇，啊，比酒还甜美。

他们结伴做些最普通不过的事：郊外散步骑脚踏车，沙
滩上放风筝，到新开餐厅试菜，写了评语寄报馆，周末朱峰
帮她收拾家居，竟不必请用人，两人愉快无比，峨嵋最喜欢
用手指轻轻捺朱峰浓眉，爱不释手。

他们甜蜜，王太太气苦，牢骚一箩箩，牌友不住安慰，
这也是他们职责一部分："放心，年轻人聚时快，散得也
快""有伴就不寂寞""儿孙自有儿孙福，别过虑""人生不
过百，凡事看开些""喂，有人在做清一色可是，一桌都是
索子"。

那边，朱峰到衷心笑诊所找尔医生。

尔泰比从前空闲，走出见他。

医生自傲。"朱峰你是我第二个最佳设计。"

朱峰诧异。"还有第一个，那又是谁？"

医生问："你俩如何？我是关怀，并非刺探。"

"我眼中，世上以王峨嵋最可爱。"

"那多好，Ａ十五派到用场没有？"

"医生要有医生的样子。"

"朱峰你可是永不打算向她透露秘密？"

"事情太复杂。"

"朱峰，那些秘密，会像一只蓝色大象，一世坐在你身边。"

"那也只好与象共眠，我不能令她不快。"

"告诉她，你一半是机械，可另一半是人。"

朱峰叹气。

"看来，你也不是十全十美。"

"说到底，医生你才是捣乱的始作俑者。"

"果然，怨起中间人来，不做中不做保不做媒人三代好。"

医生替他检查，满意他天衣无缝的面具及四肢。

"她一直没有疑心？"

"她像那种刚出生的小猪一般。"

"王峨嵋是一个非常明敏的人。"

"连王阿姨都存疑，她却没有。"

" '因为爱是盲目，所以画中的丹邱比得 [1] 都蒙着眼。' "

朱峰垂头。

尔医生检查完毕。"你体格良好，精神健康。"

这时，电话响起，她取起话筒听一会儿，忽然生气。"你们管的是哪一门！"

朱峰知道有事，连忙告辞，医生只朝他摆摆手。

那一夜，峨嵋早睡，做梦看到所有同事都已经升职，只有她一人坐在原位不动，赔笑与新人打交道，座位灯光昏暗，连挂外套的地方也无，相当苦恼，但是面子上还一点不能做出来。

另一个久久不升的同事比她勇敢与上司争论，自办公室出来，气闷地诉苦："上头说我只得一副心肝，当然迟升。"

啊，别人都有特别装备，峨嵋听了万念俱灰。

同事愤愤不平。"明日我约好衷心笑实验室商议装假头假心。"

她呢，她可要考虑？

正在此时，峨嵋惊醒。

---

[1] Cupid，丘比特，罗马神话中的小爱神。

她自床上坐起，听到大门响声，一凛，独居女子，最怕夜半怪声。

她算得镇定，自床垫底下取出一支铁钩，轻轻走到门后。

她清晰听见大门关拢声音。

峨嵋心都凉了，有人闯进公寓。

她抓起电话要报警，忽然听见狗吠。

什么？

"王小姐，是我。"

兴一！

她拉开门，不但真是兴一，地上还有四只小狗滚成一堆。

兴一声音沙哑。"王小姐，我走投无路。"

峨嵋放下铁钩，泪流满面。"兴一，你逃了出来。"

"是，我是逃犯，我又跑到兽医诊所把狗救出。"她伸手掩脸。

一段日子不见，兴一浑身污秽，像叫花子，也像烂铜烂铁。

"你怎么走得出？"

"有同伴帮我。"

"兴一，我对不起你。"

"王小姐，不是你的错，我们命运如此。"

主仆抱成一堆。

"我得找吃的给小狗。"

峨嵋蹲下，看到众狗惊惶地缩成一堆，都是她不好，她内疚，找出毯子让它们栖身，看着兴一拿来肉食喂它们。

到这个时刻，峨嵋再也不相信兴一没有感情。

兴一蹲着说："有两家人，明早分别会领养它们。"

小小狗只得手掌大，兴一捧起它们，它们忽然抬头，眼睛不合比例地大，晶亮看着峨嵋，峨嵋不禁退后一步。

她半晌说："兴一，你先梳洗更衣。"

"我给你做杯咖啡。"

兴一不忘她的职责。

峨嵋呆呆看着毯子上那群不速之客。

她思考半晌，决定知会朱峰，这件事，她无法独自应付。

她忽然明白婚姻真正意义，那不只是恩爱缠绵，柔情蜜意，而是生关死劫，有个可靠可商量可信任的人。

朱峰说他马上到。

峨嵋看着小狗们吃饱挤在一起累极睡着。

朱峰赶到。

他镇定握住峨嵋的手，坐在她身边。

不一会儿兴一出来，梳洗过后，恢复旧貌，看到另外有人，吓一跳，靠住墙壁。

峨嵋连忙说："兴一，你记得朱先生。"

她有点羞惭。"啊，是朱先生。"

"朱先生是个可靠的人，我找他来商量。"

兴一怯怯站一旁。"朱先生，我该怎么办？"

朱峰这时已明白整件事。

他这样说："很高兴你俩信任我。"

"朱峰，少说废话。"

"只有两条路可走。"

"兴一已经逃出，无论如何不会回去。"

"民政署会追索她。"

兴一答："同伴已帮我拆除身上追踪器，我不会连累王小姐。"

"你的同伴很有办法。"

"他们同情我。"

"那么，你只可继续逃亡，像一切逃犯，你需要资源。"

兴一沮丧。"我身上只有三百元。"

朱峰微笑。"我第一次离家出走，袋里有三千元，以为一年半载都花不完，谁知走到街口，就被两名持刀匪徒劫走。"

"朱峰，你说完没有？"

"峨嵋，把你所有现款取出给兴一。"

"明白。"

朱峰自己掏口袋把一卷美钞取出。

"你身上带着许多现钞。"

"我猜你有紧急事才叫我，我以为我俩要私奔。"

愁眉百结的峨嵋与兴一笑出声。

天大乱子，地大银子。

"兴一，都会其实有许多走失的机械人呢，你若与常人混在一起，做个普通市民，躲在最明显之处，很难被人发觉，闹市光怪陆离，谁会注意到一个平凡爱狗女子，我们替你租一间小公寓，备几张有关证件，你便可以找一份工作，只是，请别再在王小姐寓所附近出现。"

"明白。"

两人把所有现金交兴一。

兴一怔怔看着他们。"你俩真是好人，我祝你们白头偕老。"

峨嵋没好气。"你完全像真人，我大可放心。"

朱峰坐到计算机面前，与邱罗合作，替兴一找住所。"记住，同房东说，住客有狗。"

不到一会儿，就找到合适住所，说明第二天早上住客先付三个月租金，门匙在管理处。

"朱峰，感激你。"

朱峰微微笑。"别客气。"

"兴一，你去休息。"

"王小姐——"

"别再多讲。"

"王小姐，还有时间，我帮你做几个菜。"她进厨房。

峨嵋垂头。"朱峰，我冒昧把你牵涉在内。"

"都要白头偕老了，还说这些。"

峨嵋说："都是感情累事，兴一为小狗，我为兴一，你为我。"

朱峰微微笑。"第二代小狗叫什么名字？"

"阿一阿二，还有名字呢。"

"容我给它们名字。"

"请。"

"一只叫高手，另一只叫巧手。"

兴一听见。"谢谢朱先生。"

这时，天已蒙蒙亮。

朱峰说："兴一，来，带着小狗，我送你到新居。"

峨嵋替兴一准备一箱替换衣裳。

"振作，兴一，记住，你有本事，情况比那些少不更事离家出走闯进虎穴的无知少女好得多。"

"王小姐，希望将来我俩还能见面。"

"兴一，当我年迈，行动不便，你回来帮我推轮椅。"

兴一一怔，露出讶异神色，然后才说："你有朱先生。"

"我不那么肯定，他不会老，也许，他会另外找年轻伴侣。"

兴一掩嘴。

"怎么了？"

"再见，王小姐。"

峨嵋再次落下眼泪。

邱罗告诉峨嵋："民政署追索弃置机械人，每一具都需登记，皆因机械零件分拆出售，比完整出厂新货还值钱，而且，不保证不法之徒把零件拿来做何种用途。"

"邱罗，你会聊话题了。"

"我见王小姐嫌我笨，努力进修。"

"太好了。"

"昨日我读到一项关于人脑的研究。"

"迄今为止，人类对于自身的脑袋，可以说几乎一无所知。"

邱罗笑。"这一则比较有趣，报告说，人类出生时，并无灵魂，有些人，一直到老，也无感情、良知、触觉，这一切，是在成长过程中形成的。"

这时，朱峰向她报告，兴一已经安顿妥当。"我先回家休息，稍后再见。"

峨嵋轻轻说："邱罗，我得更衣上班，下次才与你聊灵魂一事。"

"明白。"

"对了，邱罗，我可有灵魂？"

"王小姐，我可以肯定你拥有美丽灵魂。"

"谢谢你，邱罗。"

这名新声友渐渐变得像以前的昆仑那般油滑与讨人欢喜，他也长了灵魂。

回到办事处，同事纷纷议论机械人偷跑新闻，原来昨夜一组七人逃狱，不知怎的，破解量子枪死锁功能，活转，逃逸，全无所踪，猜想有组织建立地下信道掩护，巧妙协助。

"为什么要逃走""向往自由""自由？你觉得我们自由吗？朝九晚六，为一份牛工死锁一世""他们活转来了""活不长，这个功利社会一定吞噬他们"。

峨嵋忙着整理小组内部文件，忽然看到："王峨嵋，加入本署五年，工作成绩甲级，思考独立，与同事和睦相处，人事部正考虑晋升……"

峨嵋以为看错。

她转运了，上头在考虑她升级，她用力吐出一口乌气。

下班，朱峰接她。

峨嵋挽着他的手臂，再三道谢。"昨夜的事，突兀无比，竟不像真的。"

"峨嵋，你可疲倦？若有精神，我想请你到我办公室参观，稍后，到舍下喝杯咖啡。"

峨嵋惊喜。

朱峰办公室在国防部飞机库侧一间小小建筑物里，需配戴特别证件入内，室内摆着各式引擎螺旋实物与图样，分明是设计部，朱峰此刻担任文职，做研究改良。

屋顶足高三十余呎，天花板挂着飞机模型。

峨嵋抬头细细观赏。

"这是我的桌子。"

桌上一尘不染，计算机就是他的桌面，足足四乘六。

这时有同事出来与他招呼。

"他们是夜更，我们走吧。"

接着，车子驶往近郊。

噫，峨嵋纳罕，"这是一个废置火车站。"

"我住在三卡[1]火车里。"

什么？

朱峰说的是真话。

只见路轨上停着三卡火车，四周草地略做修饰，开满各色野花，傍晚，花香蒸起，蜜蜂嗡嗡，宛如绿野仙踪。

峨嵋惊喜，走上小小铁质折梯，打开门，正是她在图像中见过的白色客厅，因打长拍摄，故此宽大。

啊，厨房是火车的餐卡[2]，不锈钢浴室也属原装，最有趣是长窄卧铺，以及原有空气调节器与灯光。

朱峰告诉她，由十多个同事帮他改装而成住所。

---

[1] 载货火车。

[2] 餐车。

书房最大，有透明车顶，这一列车，叫星火快车，夜间行驶，供游客抬头观星。

峨嵋叹为观止。"我怎么没想到。"

"你喜欢就好。"

峨嵋喝着咖啡。"我不走了。"

"欢迎你。"

终于走运。

"峨嵋，我想把我的事跟你说一下。"

"现在是欢迎将来的时候。"

"我怕耽搁。"

峨嵋大力搓揉他面孔。"你女友已经自动送上门，有点新趣表现可好，诉什么衷情，不要听。"

朱峰紧紧抱住女友，深深叹息。

峨嵋累极睡到半夜醒转，一睁开双眼，看到透明天花板一天繁星，像密镶钻石首饰一般闪烁，她把双臂枕在头下，这朱峰怎地懂得享受生活，与此君在一起，乐趣无穷，足够过三辈子，可惜，她生命有涯。

她轻轻走出卧室，发觉朱峰在计算机桌前操作。

听到声响，他转过头。起来了。"

她伏到他背脊上。

看到桌上有一方大理石纸镇，上边刻着字，一读，是Genius is only great patience[1]，他说："我的教授赠我的。"

"朱峰，我们结婚吧，制造几张必需文件，前去登记。"

"阿姨不喜欢我。"

"不必理她，到了她那个年纪，任何事都要反对。"

"你只得她一个亲人，一定要和睦相处。"

"她有牌搭子，那才是亲戚。"

他亲吻她的手。"我们上班去。"

这一段日子，王峨嵋觉得她是世上最快乐的人之一，无牵无挂，享受生活，世上好似没有什么难得倒她，每天喜洋洋。

同事安第斯母亲病重卧床，愁眉百结，峨嵋如此劝她："算好的了，请勿淌眼抹泪，试想想，这病不是不能医，只不过调理需时，你父亲经济颇为丰裕，子女无后顾之忧，大家在一起有商有量，反而促进感情，来，拿些正面能量出来，我祝令堂早日康复。"

---

[1] 天才仅仅是巨大的耐性。

同事一听，果然是事实，抱着峨嵋道谢。

过一个月，她便正式升级，搬到较舒适办公室，她并不特别盼望晋升，但是人人升上，她坐原位，十分尴尬，噩梦顿生。

这下子放下心。

一日，约好朱峰在小公园看幼儿玩耍，她坐长凳上等，一边吃冰激凌。

峨嵋不大喜欢那种特别聪明漂亮精灵能干的天才儿童，相反，她觉得孩子应该笨笨的，多嘴，爱笑，天真。

她面前正有那样几个小孩，玩得一脸一手脏，高声叫嚷，不知说些什么。

她看得津津有味，忽然耳边有熟悉声音：“王小姐，你越发喜欢孩子了。”

啊，这是兴一声音。

她一怔，抬头，一个穿黑色帽斗外套的女子坐到她身边。“在等朱先生可是？”

“兴一，你怎么出现了？”她吓一跳。

兴一垂头，握住她手。“王小姐，我有话说。”

“你不必谢我，你出来见我，有某些凶险。”

"但是我不把话说出，对不起良知。"

峨嵋微笑，什么事如此严重，连良知二字都搬出。

"自家一人住小公寓还习惯否？"

"很好，我有小狗做伴，已找到工作，帮邻居看孩子、收拾以及守门，我又不用做膳食。我自由了。"

"你有什么话快说吧。"

"王小姐，你三岁时我就到你家。"

"这么早？"

"你看，"兴一出示平板计算机上两人合照，"三岁、四岁、五岁、六岁我们在迪士尼乐园。"

照片里的小王小姐泡泡脸，笑得见缺牙，相当可爱。

峨嵋感叹。"我也做过孩子，我爸妈呢？"

"唉，吵架闹架打架。"

终于分开是好事。

然后，是较大照片，七岁、八岁、九岁、十岁，每年生日，兴一都与峨嵋合照庆祝切蛋糕，峨嵋感动，这些照片，好似只有兴一保存下来。

"王小姐，这些是我的珍贵的回忆。"

照片里的王峨嵋，一年比一年长大，十五岁那年，已是亭亭少女，双颊仍然有些泡泡，已露出清丽之态，她中学毕业照相当神气。

原来是兴一陪她共度月夕花朝。

然后，十九岁生日，照片中多了一人。

他只得半边脸，兴一仿佛存心没把他全身拍进去。

"咦，这是谁？"

"王小姐，你不记得？"

峨嵋只看到半边剑眉与一只星目，这是个十分英俊年轻的男子。

兴一给她看另一张全头照片。

啊，峨嵋腰下忽然无故刺痛，这是谁，为什么看到他的脸容宛如腋下被利刃刺一刀？不，不，那是旧创，一下子又受到袭击。

她一凛，手中平板计算机险些落地。

她失声，"谁，这是谁？"

"王小姐，你当真不记得也好。"

"不，不，我记得。"

这年轻男子有一双会笑的闪亮眼睛，发线额中央一个桃花尖，左颊含浅浅酒窝，骤眼看有三分像朱峰，但朱比他正气稳重。

峨嵋只觉腋下越来越痛，她掩住胸口喘气，刹那间她想起这个人的名字："松得海，他叫松得海！"

兴一点点头。

"这人，与我什么关系？"

兴一脸上露出怜悯的表情。

电光石火间，峨嵋明白了。"我俩曾经深爱过。"

她泪流满面，她不记得详情，但那痛楚，却像昨天那般清晰，利刃还在体内没有取出，她不由得抓住兴一的手。"告诉我，这是怎么一回事？"

"他与你共度两年零七个月光阴，五月来，九月走，王太太与我从来没喜欢过他。"

啊，峨嵋抹眼泪。"为什么我如此伤心？为何眼泪像自脸上每个毛孔钻出？那有何大不了？"

"王小姐，廿一岁的你，走到地下铁路隧道，看着迎面而来的列车，纵身跳下路轨。"

峨嵋惊怖，尖声说："我不是那样的人！"

"这是事实，看。"

照片中王峨嵋躺病床上，浑身搭着维生管子，头顶用胶盔罩住。

"这不是我。"

"救起后你整个脑盖爆裂,实时宣布死亡。"

峨嵋伸手摸自己头顶,厚厚头发,头颅无恙。"兴一,你说什么鬼话?你有毛病,你受了何种刺激?我好好活着,我——"

"王小姐,你不再是你,医生把你救活,但脑部组织已不能再用,王小姐,你被换上电子线路,王小姐,你与我一样,是机械人。"

王峨嵋嚯一声站起。"走,兴一,我不要再见你,走。"

"王小姐,你如此恩待我,我不想守住这个秘密,你一直是衷心笑实验室的杰作,你的主诊医生是尔泰,你是本市首名机械与肉身混合人。"

峨嵋气极。"你给我走。"

一只大手按住她肩膀。"峨嵋。"

她转身看到朱峰。

"你听到多少,你可是全知道了?多么荒谬,电子人脑!那发电机可需要推动整幢核子潜艇那么大,兴一在胡说什么?"

兴一已经离去,她把平板计算机留在长凳上。

朱峰一声不响坐下阅览，峨嵋坐在一旁观看，朱看到的，她全盘收到。

她浑身发凉，她看到一则脑部手术真相摘录："她，王峨嵋，脸部渐渐消肿，笑嘻嘻，头盖被连接在一座庞大电子仪上，电线、计算机板、讯管、灯泡，闪闪发亮，她好似毫无痛苦，最惊人的是，她双手捧着一副鲜粉红色人脑，纹路清晰可见，脑外层前灰白质、海马区、前额叶、脑枕叶，以及脑干……"

峨嵋瞪大双眼。

她不觉害怕，这是她，她捧着自家的脑子。

接着，是各式各样手术步骤进行程序，清清楚楚，记录着她旧生命结束后，新生命的起源。

最后，是一幅机械脑的影像，头发般细的电磁体排列如牙刷，这还只是控制步行的人工操纵部分。

朱峰忽然说："啊，峨嵋，怪不得你那么笨，实在人力不能胜天工。"

峨嵋气极。"你这机械人，你在说什么话，你比我更不济事，手足全可以剥下。"

这样一讲，变相是承认事实：王峨嵋真正身份，是机械肉身。

她的声音变得细微几乎听不见。"都瞒着我,等我以为什么事也没有发生过,却原来我是世上最严重的残疾人。"

伤心兼惊怖,她似一个孩子般哭出声,闻者心酸,朱峰更陪着落泪。

公园里孩子们听见哭声,纷纷围上,可爱幼儿富同情心,又好奇,纷纷打听:"为什么哭,什么地方痛""我叫我妈妈来帮你"。有一个小女孩替峨嵋抹眼泪。

大人就比较警惕,"这位小姐,可要看医生?"把孩子们带走。

朱峰扶着女友上车,把她裹在毯子里不放。

以后怎么办?

朱峰忽然想起尔泰说的话,那几个字在他脑海亮起,"朱峰你是我第二个最佳设计",他当下便疑心,第一名是谁。

第一名是王峨嵋。

朱峰说不出话。

两人在停车场的车内拥抱良久,好端端的蓝天忽然下雨,落在车顶啪啪响。

警察前来探望。"先生,没有事请把车驶走,你不止停了三十分钟。"

朱峰只得把车驶回那三卡火车。

峨嵋浑身颤抖，朱峰斟出拔兰地[1]，两人共饮。

半晌，峨嵋沮丧地说："为什么把我救回？"

朱峰忽然发怒。"这是世上最忤逆的话。"

"峰，我们找尔泰说个明白。"

"我已致电尔医生，她下班即来。"

尔泰已站在门口，她看到好友悲苦模样，不由得叹气。
"你终于知道真相了。"

"应一早告诉我。"

"早想在你脑上登记，但人工大脑皮层效果未能百分百臻
达理想，于是只得删除一些不那么重要的事件。"

"松得海不重要？"

"那人是令人作呕的一堆废物，当然无用。"

这时尔医生伸手按摩峨嵋的左耳框，渐渐她觉得松弛。

她说："兴一也会这一招。"

"该处穴道叫人肌肉松弛。"

---

[1] 白兰地。

"我还是人吗？"

"你是人，朱峰也是人，我亦是人，我们略有不同之处，但都是人，你不能说深度近视患者不是人，或是安置人工心脏者不是人。"

医生的话具权威性。

"峨嵋你不是本市唯一类似人种，最小一名是六岁的格蕾斯，我可以介绍她给你认识。"

"格蕾斯怎么了？"

"枪击意外，暴徒的流弹打中她头部。"

峨嵋用手托住脸。

朱峰接着按摩她双耳。

峨嵋仍然落泪。"朱峰全知道了，他不会再要我。"

"胡说。"

朱峰看着她。"你要我我就要你。"

"尔泰，你存心介绍朱峰给我，何故？"

尔泰答："因见我杰作孤苦。"

"为什么松得海长得像朱峰？"

"因为王峨嵋你就是喜欢那样的男子，你下指令下意识把朱峰做成俊男。"

"我都记不起如何迷恋松得海。"

"那真是一袋超级秽物，事发后竟避而不见，你在医院大半年，他可一次也没出现，后来，得知他逃到北美洲。"

腋下仍然痛楚，但为着什么，已不复记忆。

"我的旧脑呢？"

"与其余生化废物一起扔掉。"

"原以为可以泡在福尔马林里留作纪念，或是在网上拍卖。"

能说这样的话，尔泰放下心，同时，为她的设计骄傲。

"不要担心，民风渐渐开放，各式各种人都有生存权利，一样可以做好市民，贡献社会。"

朱峰默默喝酒。

"朱峰，轮到你说话了。"

"我？"

"你不是有话要对王峨嵋讲？"

"她今天已经听够了。"

尔泰气结。"峨嵋，同这个懦夫分手。"

峨嵋惊异。"峰，你有何话要说？"

朱峰喝尽手中的酒。"我讲，我讲。"

尔泰说："我出去散步三十分钟后回转。"

她没有走远，站在小园子里，雨停了，远处居然挂着一道彩虹。尔泰叹气，这大自然已经亿万年，人类命运幸与不幸在它眼中根本不算一回事，太阳明朝还是照样升起。

雨后空气是那样清新，蚯蚓自潮湿泥土翻滚现身，两只粉蝶飞近火车卡窗户。尔医生想起那个神话：哪只是山伯，哪只是英台？

自窗口看进去，只见朱峰与峨嵋面对面坐着，朱峰像是会腹语，嘴唇微微牵动，一番话似已在心中反复练习多次，难度只在开口，一旦克服这一关，一切顺利，也不要去理后果。

他一直絮絮说下去，尔医生不会读唇，也辨出卢山、昆仑，与朱峰几个发音。

医生叹口气。

她留意峨嵋表情，这痴情可怜的女孩，却没有太多意外神色，只是微微扬着眉毛角，似笑非笑。

医生先是错愕，然后电光石火间心思通明：她一早知道，王峨嵋早已知真相，作为朱峰亲密女友，她已知道他不是全机械。

王峨嵋仍然明敏。

只见她享受着朱峰的坦诚陈词，欣赏他全盘招供，仔细聆听，并不阻止。

三十分钟几乎过去，朱峰诚惶诚恐，若能流汗，一定头脸背已泡在汗里，他懊悔、内疚、伤心，把五脏六腑都掏出表白。

能叫一个男子这样，也是难得的事，奇是奇在忏悔的他仍然英轩俊秀，一点猥琐感觉也无。

终于，他握着峨嵋双手，把脸埋在她手里，好像已没有力气抬头做人。

尔医生在窗外看着，不禁感慨，朱峰也很有一套，刚柔并重，收放自如，不过不怕，峨嵋能够收拾他，因为他真心爱她。

三十分钟到了。

医生看到峨嵋的嘴型："我一早知道。"

朱峰猛然抬头。

她伸手抚摩他面孔，与他紧紧拥抱，再说些什么，医生看不到。

她轻轻敲门进内，低声说："看，不都讲清楚了吗，我告辞了，以后，再也不必到衷心笑实验室找我，我已调职到儿童医院做研究，你们俩请好好过日子。"

她转身离去，自觉功德圆满。

有吗，他们会平安长远相处否，他们会否像常人那样经不起时间考验，终于越走越远，导致分手？

尔医生忽然觉得疲倦，驾驶小汽车离去。

朱峰与峨嵋却好几天没离开火车卡。

他俩向办公室告假，把住所内所有食物吃光光，连果酱炼奶都不剩，肚子奇饿，才沐浴更衣走出乐园。

峨嵋换上朱峰衣裤，像小孩穿大人衣服，十分可爱。

一出火车，便看到有四只毛球朝她飞滚过来，那是四只小动物，四脚离地，耳朵飞扬，高兴地汪汪叫，扑到峨嵋怀中舔她面孔。

它们还记得她的气息。

峨嵋不禁呼喊它们名字："多宝多财，高手巧手。"

四只狗差不多大小，缠住他们不放。

"兴一，你在何处？"

但是兴一没有露面，他们知道她就在附近，为着避免麻烦，不出来相见。

峨嵋扬声："生活一定很好吧？小狗们身体健康，我等感到安慰，这世界也只有狗与小小人才如此无忧无虑，叫人高兴。"

话还没说完，四只狗已飞身跃下小溪游泳。

峨嵋站在一边观赏，它们把一群小鸭子追得呱呱叫。

忽而一声呼啸，狗闻声游上岸往树林奔去，是主人叫它们撤退。

朱峰微笑。"比孩子们听话。"

峨嵋提高声音："有空时来探访。"

兴一没有回答。

只余风沙沙吹动树叶声。

"你看兴一多么禅。"

他们在街外饱餐一顿，又捧许多新鲜食物回火车，峨嵋说："我想回家独处数天。"

即使是爱侣，独处时间也非常重要。

朱峰点头。"我如常接你下班。"

回到公司，同事都在讨论一件事。

"呵，峨嵋回来了。"

"问她投·票还是 × 票。"

"什么事？"

"市府将举行公投：但凡满廿一岁成年人，无论是谁，均可合法登记结婚。"

峨嵋惊喜，"什么时候决定？"

"下星期一投票，星期三揭晓。"

"已经筹备十年八载，不知有什么值得如此无谓周详。"

"考虑到社会风气。"

同事没好气。"警方熟悉帮会人物闹事枪声噗噗又不见急急纠正风气。"

"我对婚姻制度丝毫没有信心，也不信它对男女有何益处，我本人永远不会结婚，但我认为谁要是选择结婚，就该让他们结婚。"

有人鼓掌。"说得好。"

"你呢，峨嵋？"

峨嵋老实说："我都没见过愉快的婚姻，要不光明凄凉地分手，要不在阴暗底下苦苦经营，但得不到的往往最好，你越不让一些人注册，一些人越是要去。"

"结婚也有益处。"

"说来听听。"

"对方一走，所有身外物自然合法都属于另一方。"

"咄，我自己身外物多得无处摆放。"

整个上午都在谈论这件事。

这样说来，峨嵋可与朱峰办理正式手续。

她吁出一口气。

七

爱的欢愉，只得刹那，
爱的悲伤，终身不忘……

工作异常繁忙，市府新团队专用小甜头慰劳市民，隔一段时间推出讨人喜欢的新措施笼络群众，算是亲民。

接着一项大型计划是筹备大学学费全免，先在医科实施，都市缺少医务人才，优异生为着筹不到巨额学费放弃学业，诚属不幸。

一直做到傍晚，一盏孤灯，峨嵋仍在草拟文件。

有人叫她："峨嵋。"

她以为是朱峰，轻轻说："我今晚要去见母亲。"

那人回答："我送你。"

峨嵋把文件锁好。

"看，为保密又全盘恢复手写。"

"你升得这样高了。"

这语气有点奇怪，峨嵋抬起头。

呵，这不是朱峰，她立刻站起，警惕地看着那男子。

"是我，峨嵋。"

"你怎么进来的？"

"守门的服务员还记得我是王小姐朋友。"

这便是机械人不妥当之处，他们不懂转弯，不知什么叫此一时彼一时。

峨嵋看清楚他的脸容，更加吃惊。

"你不记得我了？"

她作不得声，双手发抖。

记得，怎么不记得？

峨嵋都想起来了，记忆亮起，内心痛楚，她几乎站不稳。

"峨嵋，你好吗？"

峨嵋忽然愤怒，我好吗，你问我可好？刹那间想起有些女子忍无可忍动手杀人，一直刺百余刀，她现在有点明白动机。

她听见她声音轻轻说："你怎么找了来？"

"我听说你已经痊愈，所以来看你。"

"我很好，多谢关心。"

"峨嵋，是我不好。"

"不，是我看不开，给亲友带来极大痛苦困扰，全是我不好。"

"峨嵋，看到你这样理智，我很高兴。"

他走近一步。

看得更仔细了。

他骤眼看仍然英俊，发线后退一些，胖了三十磅，填满脸上轮廓，变得俗气，西服略紧，这不是旧衣裤，而是他不相信已经要改尺码，他整个人显得油滑。

峨嵋觉得他有求而来。

她干脆问："你不是来叙旧的吧？"

"峨嵋，明人眼前不打暗语。"

峨嵋知道万幸，他不是来要钱，他父亲的生意一路顺风，他的经济一向不成问题。

"请说。"

"看到你无恙我真放心——"

"请说。"

"峨嵋，我手中有一份文件，请你签署。"

"何种文件？"峨嵋纳罕。

"我想正式申请与你离异。"

峨嵋发呆。"什么？"

"好来好去，何必拖下去。"

"你说什么，离婚？"

"正是，对方已催我多次，再也不能拖延，我才来找你。"

"慢着——"峨嵋把她所谙粗话全说出，"我曾与你结婚？"

他吃惊。"峨嵋，你不是连这个也不记得了吧？我俩私奔往拉斯韦加斯[1]注册兼度蜜月，回来不久，你，你受了重伤，婚约名存实亡，我另有发展，但法律上，我，我不想单方面申请离异——"

峨嵋越听越惊怖，她双手掩面，后退，脚步踉跄，碰到家具，险些跌倒。

鬼迷心窍！

怎么会同这种人结婚。

一时失足还可委赖年少无知。结婚？

她瞪大双眼，一颗心像是要自胸中跃出，她苦苦按住。

他看到这种情况，搔搔头。"峨嵋，不要为难我，我也是

---

[1] 拉斯维加斯。

逼不得已。"

峨嵋忽然听到自己的声音："是，我不会阻挡你喜事，你把文件放下，我找律师看过，马上签署，叫人送回你处。"

她站直，没有趾高气扬，也并不垂头丧气。她平视他，不卑不亢，并无现鄙夷之色，不喜，也不悲，只是心中庆幸，这人已经不是她的烦恼，她已甩难。

他大喜过望，放下文件名片。"那么，再见，等你好消息。"

像一只坑渠老鼠，得到一块腐肉，他匆匆窜逃，长长的黑色尾巴掀起油垢秽物，一直拖出门口。

他一走，峨嵋双臂撑着写字台，浑身僵硬。

半晌，才吸进一口气，静静站直。

她听到轻轻的鼓掌声。

峨嵋不由得吆喝："你，专门偷听人家说些什么，还不出来。"

自办公室门外走进的正是朱峰。

峨嵋得势不饶人。"你听到什么？看我不把你双耳拧下白焙送啤酒吃掉。"

朱峰温柔地走到她跟前。"王峨嵋本色原来如此残酷。"

峨嵋伏到他怀中紧紧抱住。

"可怜的小灵魂。"

峨嵋低声说:"谁都会以为他是来赔罪、道歉、求救赎,但不,他要办喜事,他又要结婚了,故此请我不要留难他,不要记仇,不要小气,切勿阻挠。"

"嘘,嘘,你做得全对,不能再好。"

"自头到尾,他不觉有错,他只看到他自己。"

世上原来真有这样难以形容的人,不,不,世上原来真有鬼迷心窍的王峨嵋。

她轻轻总结,"如今我双眼已能视物。"

"我陪你去喝一杯。"

朱峰并没有立刻现身教训那人,因为他知道,这件事,必须由王峨嵋一个人解决。

她示弱,抑或坚决,她要拖拉,或是把过去放下,都凭她自身。

是的,世——上——无——人——可——以——帮——她。

人生就是那么孤苦。

最爱她,愿意为她挡枪弹的朱峰也爱莫能助。

若王峨嵋不甘心，定要争回一口乌气纠缠不已，那么，一定留不住朱峰，也没有将来。

他们到酒吧坐下，峨嵋对酒保说："整瓶放下。"朱峰取笑，"取多一瓶给我。"

有人挤到他们二人当中。"情侣？"

峨嵋点头。

"一对，那多闷。"

朱峰知道他要说什么，用力把他一挤，他出位。

"哟，不就不，何必动粗。"悻悻离开。

朱峰问："还要坐下去？"

峨嵋答："我在看这些寂寞的人。"

"别理别人，你有我。"

"是的，朱峰你说得对。"

"身上某处还觉疼痛否？"他指她的心脏。

峨嵋答："只有在笑的时候。"

她喝了好几杯。

她仍有不忿。"怎么同那样一号人物结的婚！"

"爱情盲目。"

"爱情有智障。"

朱峰问："还去阿姨家吗？"

"一身酒气，过两日吧。"

他们俩离去，朱峰把车子转到自动驾驶，紧抱女友。

回到家，峨嵋用滚烫热水淋浴，皮肤发红，犹如宰猪，这层皮可以揭走换过就好了。

这倒也不难，先前衷心笑实验室的尔泰医生可以做到，但是内心那个乌溜溜不停隐隐冒浓血的深洞呢？面积不大，像拇指大小，永不痊愈，探进去，暗红如熔岩，缓缓蠕动，像有生命般可怖。

她掩着胁下躺到床上。

实在是累了，合眼便睡着，还是做梦了，看到自己衣着时髦，妆扮整齐，笑眯眯，双手像捧碗那样小心翼翼捧着一副人脑，在闹市里来回穿插。途人好奇问："是人脑？""不，"她回答，"猪脑。"

醒来，还记得那是本市最热闹的银行区。"猪脑子不错。"她喃喃复述。

朱峰接上班，看到峨嵋脸容吓一跳，一夜之间，她憔悴下来，这一关不好过。

她握他的手一下，表示可以应付。

第一件事，把文件带到律师处给专家过目。

"王小姐，文件里没有机关，只要你放弃任何追究权利。"

"对方用什么原委要求离异？"

"不可冰释的误会。"

峨嵋立刻签署，轻轻对律师说："I am damaged goods.[1]"

律师答得好："We all are.[2]"

迅速命专人把文件送回对方处。

回到办公室，机械地处理工作，趁中午，回娘家说话。

王妈仍坐麻将台上，峨嵋佩服她与假人搓牌也穿戴整齐，好一个君子慎独。

牌友纷纷开口："王小姐来了""王小姐今日精神欠佳？""王小姐真孝顺"。

峨嵋知道开关在哪里，伸手啪一声关掉，三个假人的操作表情骤然停顿半空，看上去有点滑稽。

王妈问："这是干什么？"

峨嵋坐下问："你为什么不告诉我，我曾经结过婚？"

王妈的脸挂下。"因为我从来没资格过问你王小姐的事，

---

[1] 我是损坏的货物。

[2] 我们都是。

我一提，你当我仇人一般憎厌，我不知你结婚、离婚，我不知任何事，我只盲目地做你母亲，扮演一个角色，对你说：无论发生什么，这儿仍是你的家。"

峨嵋不语。

"原以为换过脑子的你会改变想法，谁知一有事仍然向我算账，别忘记你身上还有五十巴仙因子属于你父亲。"

"他在何处？"

"我不知道，我的愿望是这一生一世再也不要看见那个人，我还有十多步要走，平静挨到终点已经够幸运。"

峨嵋悲从中来，握住母亲的手流泪。

"别哭，别哭，今天天气很好，已值得庆幸，你那朱先生可有陪你一起？"

"妈妈，我们都冇穿冇烂[1]，苦苦挨日子。"

王妈已说不出话。

峨嵋把牌友的开关掣开启。

"哟，王小姐，我们又不去别家，我们不会讲是非""是呀，三个臭皮匠，顶一个诸葛亮，有什么事大家商量""别

---

[1] 广东方言，冇，没有的意思。冇穿冇烂，意指事物没有什么变化。

见外"。

峨嵋温和说："对不起，你们说得对，我先走一步，你们赢多一点。"

她告辞。

下楼梯时踏空一步，险些摔跤。

尔医生找她。

"你好，创造主。"

"我猜到你心情欠佳，这样吧，你到儿童医院探访。"

"损手烂脚的人看到更加残缺的人才会知道感恩，可是这样？"

"正是。"

峨嵋吁口气。

到了儿童医院，只见诊所装修得像小学课室，事实上也有孩子们在补课，尔泰迎出。"跟我来。"

她们先到义肢部，看到小孩学习用假手执笔及玩游戏，有一个才三四岁的男孩用假脚踢球，灵活自如，令人叹为观止。

峨嵋坐到他身边。

他问她："你有何不妥？"

"我只来探访。"

他又去练踢球，脸上笑嘻嘻丝毫不见忧虑。

尔泰叫她："到这边。"

另一间房间，放着氧气箱，峨嵋罩上白袍，看到幼婴熟睡，真有点残忍，脑部摘除，用仪器维生。

她退后一步，尔泰微笑。"是你的同类，不必害怕，有你做例子，我们信心十足。"

"科学怪医，"峨嵋喃喃说，"我们是科学怪人。"

幼婴忽然睁开碧蓝双眼，峨嵋感动，探近说："宝宝，我们是科学怪人。"她握住他的小手，幼婴放心再度入睡。

"为什么救活他？他本无意识，他只是一只蛹。"

尔泰答："你不是他父母，你当然那样讲。"

"在为他制造机件吗？"

"不，人工为他培养真实人脑。"

"我的天。"

"今日院方招待电视台拍摄人工培养心脏步骤，你可同时参观。"

"我不要看。"

尔泰笑。"千载难逢的机会啊。"

峨嵋戴上口罩进实验室，一大队摄制人员，有个年轻医生正在讲解，她站到后角。

医生说："过程很简单，首先，取得一颗心脏，"他自冰箱取出心脏，"把心脏原有每一个细胞都洗净。"他把心肌放入瓶里浸药水。

真实心脏并不是一个红心，峨嵋发觉它的大动脉比想象中更粗壮。

旁观者鸦雀无声，医生说下去："然后，注入维生营养素。"

"那是什么？"

"那其实是猪的肾脏，经过提炼，磨成粉状，渗入溶剂，制造全新细胞，不过，要教授新细胞学习跳动，必须通电。"

峨嵋看着玻璃瓶内跃动的心脏，有点不舒服。

那英俊的医生说："将来，每种器官都可以复制。"

峨嵋悄悄溜走。

尔泰在她身后问："怎样？"

"医生不愿病人离世，想尽方法出尽百宝挽救，其实，死亡是极自然的一件事。"

"那么，要医科何用？"

"尔泰，老老实实，像我这样的人，能存活多久？"

尔医生十分坦白。"不知道，科学虽然发达，但生命有它的轨道。"

"我这颗脑子没有期限？"

"十至十五年。"

峨嵋点点头。

"别气馁，正在研究更新款型号。"

"拜托。"

尔泰送峨嵋出医院。

那边医生同大队走过，他说："院方需要更多拨款……"

朱峰来接女友，峨嵋一看到他便喜上眉梢，所有烦恼拨到一边，嘴角往上扬。这朱峰，穿一件淡蓝色衬衫，配一条又破又旧又宽的卡其军裤，但一路朝她走近，已尽露英轩之态，说不出地好看，啊，不止峨嵋一个人那样想，其余女士，也目不转睛注视朱峰。

尔泰怪羡慕。"形影不离啊。"

朱峰握住女友的手。

"该结婚了吧。"

朱峰点点头。

"请你做证婚人。"

"义不容辞。"

朱峰挽着女友的手。

"儿童医院定期招待记者预备年度筹款。"

"国防部可有此打算？"

朱峰笑。"国防部飞行员每一具头盔都造价五十万美元，怎么个筹法？"

"你那架试飞战斗机，又是什么型号？"

"F35s。"

"英伟的飞行员朱峰。"

"也有人叫我们炮灰。"

峨嵋连忙说别的："医院里有一个婴儿与我同病相怜。"

"这是院方撒手锏，用小病人叫市民大发慈悲之心。"

婴儿……峨嵋忽然发呆。

"你累了，可要回家休息？"

"我要去公司。"

伏办公桌前做到半夜，朱峰送来消夜，众同事欢呼，"有男友真好""也看是什么人""朱峰你可有兄弟"，说个不停。

峨嵋仍在想：婴儿，为什么婴儿触动她的心？

那一夜她睡不好，索性整理衣柜。

少了兴一，什么都不知放哪里，就穿那几件现成衣裳。

她问声友邱罗："兴一可有告诉你我秋冬衣物放何处？"

"王小姐，许久没听到你声音，据记录，你与前声友昆仑每天至少谈话三小时，而我呢，一个月不到十分钟。"

峨嵋不知多老实。"我有男友就不打扰你了。"

"唉，这回子找什么？"

"秋冬衣物。"

"没记录，王小姐你随便买几件新的好了。"

"喂。"

"我再找找看。"

全屋图则都在他记录里，逐处搜查，忽然说："书房左边近门书架底有只暗格，你看过没有？"

"那种暗格能有多大，装不了多少东西。"

"王小姐我替你提供新款时装式样。"

"我且去看看那抽屉。"

她走进书房，真惭愧，角落都织起蛛网，她趋近一看，一大堆数百只小蜘蛛，刚出生比芝麻还小，挤成一堆，听见声响，惊慌地蠕动。

峨嵋不怕昆虫，轻轻说："我一下就走。"

小蜘蛛安静下来，噫，比人类尤其是少女们明敏得多。

她找到暗格，不足一呎高，三呎宽，最多藏两件大衣。

拉开抽屉呆住。

都是些什么？

她移出抽屉拿到计算机面前，给邱罗一起看。

"咦，怎么都是小衣服？"

峨嵋也觉纳罕，小小雪白手织毛衣连裤子与帽子手套成对。

"那么小，好可爱，哈哈哈。"

真的，还有小小毯子、毛毛玩具、铃铛、鞋子。

邱罗说："都是中性颜色，可见还不知婴儿性别。"

说得真确，这是谁的孩子？

邱罗也问："这是为谁家婴儿准备？"

峨嵋的心一凛。

"王小姐，为什么衣物玩具均没有送出？"

"我累了，我想休息。"

"王小姐，不要嫌弃我这个声友，有空多聊天。"

"不要多心。"

她关熄所有的灯，坐在安乐椅上，集中精神，意图把记忆中所有蛛丝马迹都追搜出来。

但是找不到任何有关这个幼婴的记忆。

如果有，一定已在尔医生妙手之下全部摘除。

因此，追问尔医生，也不会得到任何答案。

她的左后脑像针刺般痛，不得不叫她休息。

第二天傍晚，她让邱罗替她查一件新闻。

"请指示，王小姐。"

"数年前，有一宗年轻女子跳到地下铁路轨道的新闻。"

"我的天，是失足？"

"一定是失足，邱罗，有关女子的意外一切都是失足。"

"有否详细日期？"

"一切靠你。"

"明白，我立刻开始工作。"

峨嵋淋浴更衣阅报，廿多分钟之后，邱罗"吁"的一声，他有消息了。

"对比十年内三百多宗新闻，唉，那么多女子失足，真始料未及。"

"邱罗。"

"是，是，有三宗比较接近你的要求，请看。"

第一宗，是一个久病厌世的三十岁女子，失救，不是她。

第二宗，只得十六岁，也不对。

第三宗，廿一岁，相片中人，峨嵋认得，是她自身。

"王小姐，为什么面相如此熟悉，一双大眼如满怀心事？"

还有一张现场照片，地下铁路轨道附近围满人群，热闹地观看意外，可以清晰地看到站名：回转站。

"谢谢你，邱罗。"

她取过外套，罩住运动衣裤便出门。

她对司机说："去回转站。"

"王小姐，该处是一个复杂的九反之地。"

"我不是问你意见。"

"可否找朱先生作陪？"

"有许多事，我们必须独自应付。"

"带着量子枪否？"

"在身边。"

司机不情愿放她下车。

峨嵋走下地道，一进入陡斜楼梯，已闻到排泄物恶臭，两边墙壁画满涂鸦。

非繁忙时间地下铁路由另一帮人占据。

她看到回转站三字。

真讽刺，回转，回头是岸，苦海无边。

当年的王峨嵋不知有否看到这两个字，也许，她误会是轮回站。

记忆中她从来没到过这个车站。

她一生都属中产，自小有若干机械工人代劳，不用劳动，或是用公共交通工具。

只见一节节铁路列车飞驰而过，带起阵阵阴风，把垃圾废纸卷起，真像另外一个世界。

列车停止，乘客上车。

就是这里。

她曾自此处跃下，企图终结宝贵生命。

她呆视路轨，呵，这需要何等样的勇气，当时年轻的她一定觉得生不如死。

是什么叫她如此绝望？

不是纯因为那个人吧。

即使是无知少女，也知道失恋创伤终究获得痊愈，一切会得过去。

峨嵋呆呆站在轨道边沉思。

不远角落有一个少年在拉提琴讨钱，他的曲子是一首法国民歌："爱的欢愉，只得刹那，爱的悲伤，终身不忘……"如泣如诉，然而途人并没有多加施舍。

峨嵋怔怔聆听。

忽然有人搭住她肩膀，她抬头一看，是朱峰。

他来得及时，峨嵋正觉双腿疲乏，需要可靠手臂扶持，她靠到他身上。

他一声不响，扶着她上楼梯，回到地面，原来红日炎炎，太阳升出，峨嵋十指又暖和转来。

他与她上车，司机说："好了好了，朱先生，你找到王小姐了。"

原来又是老好司机通风报信叫朱峰来接。

两人都没有说话。

司机自作主张。"太阳尚有余晖，我载你们到沙滩小坐。"他启动车子。

坐长凳上，两人还是不说话。

孩子们穿着泳衣到处跑，活泼肉肉的小身躯说不出地可爱，高声欢笑。

峨嵋轻轻说："怎么到处都是孩子，市政处还抱怨出生率越来越低，看着又不像。"

婴儿……

峨嵋忽然仰起头，看到日光里去，双眼受到刺激，落下泪水，她连忙低头。

朱峰轻轻说："你是要寻找过去？"

峨嵋不出声。

"过去的事如何回得来。"

"我只想知道得多一点，我对自身是那般陌生。"

"也许，那不是好事，大家都想你忘记。"

"朱峰，感激你来搭救，你是我生命中沙仑玫瑰，谷中百合。"

两人回到家，朱峰做碗面给她吃，峨嵋在沙发上熟睡。

朱峰与尔泰联络。

"怎么样？"

"整个人落形，我还记得当初见她，王峨嵋是何等活泼淘气，笑嘻嘻，心不在焉，此刻，她肩上仿佛有千斤重担。"

"让她自己解决。"

"我看着十分难过。"

"有你这样的知己，王小姐已够幸运。"

"你看我们这一对：她缺脑有身，我有脑无肢。"

"社会上各色各样的人都有。"

"这么说来，我俩还是天生一对。"

"天作之合，朱峰，站她身边，支持她。"

他转头看熟睡的峨嵋，她嘴角含笑，还似个孩子，睡梦里仿佛没有烦恼。

朱峰有事，他得去检查身体。

医务人员视查过后。"接驳十分理想，细胞已视义肢与人工皮肤为同伴，共同和谐生长。"

朱峰点点头。

"很快，只有你双腿才可以随意穿上卸下，脸部、颈项、肩胸，都与神经骨骼联系，成为一体。"

"明白，即是说，假脸再也剥不下。"

"哈哈，不日成为真脸。"

假作真时真亦假。

"朱先生，我跟着尔医生工作有三年，与你也很熟稔，怎么看，你都不像是一个对外貌有虚荣心的人，为什么选择如此华美俊秀的外形？"

朱峰冲口而出："我爱的人喜欢这样子。"

"原来如此，你为着讨好她。"

"可以这样说。"

"那是一个可爱活泼年轻的女子吧?"

"全中。"

"女子的心多变,万一,过了几年,她不喜欢这个样子了,你又怎么办?"

朱峰失笑。"不会,人类爱美之心永恒不变。"

"细胞会老却。"

"那时彼此都长了内涵,不再计较皮相。"

"朱先生,你信心十足,希望所有病人都向你学习。"

"是,我生性乐观。"

两个人都笑出声。

那一边,峨嵋陪母亲在商场购物。

多时没有结伴闲逛,峨嵋不大习惯,默默跟随。

时装店服务员乖巧地问:"王小姐陪姐姐选新装?"

王太太立即认定这家店价廉物美,由真人招待客户,值得光顾。

王妈把店里新货通通抖出试穿,峨嵋坐沙发上等她,一边四处浏览。

"噫,你们卖童装?"

"预备做母女装，穿上可爱。"

峨嵋不喜小人打扮华丽似大人，小孩，穿工人裤与白T恤就好。

店员笑嘻嘻。"王小姐可要看看？"

"十画都没有一撇。"

峨嵋静静坐一旁等母亲试穿，"很好""不错""衬得起气色"……心里却想：老妈姿色同从前是不能比了，她此刻这种年纪很难选颜色与式样，但，只要不太裸露，都可以随心所欲。

她买了好几只大袋。

"以前有兴一帮手拎——"

话还没说完，朱峰已经出现，笑着把大袋小袋都接过。

他们一家人笑着离去，店员甲同店员乙说："今天写了王太太这张票我可以有交代。"乙说："王小姐的男友真漂亮，又好笑容，服侍未来丈母娘不遗余力。""唉，天下会有那样好看的男子。""王小姐前任男友松先生也英俊，记得吗，把她名字文在胸口，还让我们欣赏呢。""之后分手，那文身怎么办？""可用激光洗净。"

"王小姐并非绝顶美女——""但是王小姐待人接物何等

上格和善，这么些年来，对我们客客气气，过时过节，准备糖果送上，这是做大家媳妇的材料。""这是真的，因此觉得她越来越好看。""王氏母女豪爽，从不退货。"这才是重要原因。

另外有客人进门，她俩才放下艳羡之心。

街外人，哪里知道，各人有各人苦处。

峨嵋陪母亲吃下午茶，王太太碰见朋友，索性坐到那一桌，谈个不停。

峨嵋说："别催她，让她与真人说说话。"

"当然。"

她自己可是一口蛋糕也吃不下，含到嘴，都像极甜的糯糊，一口伯爵茶倒还算清香。

"常常陪阿姨出来？"

"一年至多一次，我想着都羞愧。"

"子女长大总有自己生活。"

峨嵋把手按在他手上。"朱峰，我愿与你共度余生。"

他微笑。"不是一早已经说好了吗？"

王太太叫他们过去介绍给诸位阿姨伯母。

"好事近了吧？""要问他们。""快了快了。""王太太可放下心事。"

在旁人眼中，没有再匹配的年轻男女了，并排站在一起，金童玉女般笑脸盈盈，讨人欢喜。

朱峰提早替两张桌子结账，这是百年不变的好规矩，王太太十分满意。

就这样吧，她唏嘘，人生哪得十全十美，就这样也过得去了。

这样一想，对朱峰又添几分好感。

他们让王太太回家休息。

"老妈今日好似还高兴。"

"看得出已经软化。"

"年纪越大，越要面子。"

朱峰微笑。

"那好像是活在世上吃苦日久的附带权利：老人可以放肆、任性、什么话都不妨直说、发脾气、使性子、僵着待小辈迁就。"

朱峰赔笑不语。

"我们老了也能那样。"

朱峰说："当然不行，三十年东风，三十年西风，待我俩老了，社会风气又流行迁就少年，我们永恒吃力不讨好。"

"那么两老躲到深山避开他们。"

朱峰把下巴轻轻搁在峨嵋头顶。"随你。"

爱人与被爱真幸福。

八

她相信关系可以持久，
因为，他找不到另外一个她，
她也找不到另外一个他。

王峨嵋却还有一件要紧的事要做。

她同邱罗说："帮我找一名优秀妇科医生。"

"噫，王小姐，可是婚前身体检查？"

"别多事。"

"什么叫优秀，可是名医？"

"要爱惜病人。"

"那么，大学医学院的主任医生最合适。"

"请替我安排一下。"

邱罗搜索一下。"有了，妇产生育科科长薛医生，女性，性格和善，三十四岁，我替你预约下个月十五日星期三。"

"请届时提醒我。"

"当然，王小姐，现在，下盘棋如何？"

峨嵋笑"我不会下棋。"

"哟。"

"我俩还需要时间磨合。"

"明白。"

到了预约时间,峨嵋上门去,那薛医生比想象中更要年轻,听说是个天才,十二岁进医学院。

峨嵋最同情天才,最好能不为人发现,自由自在地聪明,否则,一定吃苦,可以想象薛医生全无童年,一直与成年人打交道,一早学会明争暗斗,功课排山倒海,人人等着她出错,然后,没错找错,鸡蛋里挑骨头。

峨嵋坐在医生面前,嗫嚅说:"我来检查身体。"

医生微笑。"特别是生殖系统。"

"是,是,瞒不过你法眼。"

她让病人躺下,先用古法:"让我们看看。"医生纤长手指按她全身皮肉。

"嗯,"她意外,"王小姐——"看到病人瞳孔里。

峨嵋点点头。

医生不禁说:"你是我头一个此类病人,你不能照磁影,让我去找古老爱克斯光[1]机器。"

她用手按摩病人下腹。"照经验，应当正常。"

手机般大小机器来了，接上，医生详细照视。"我猜得对，器官完全正常，人体真是奇迹。"

峨嵋又点点头。

"但是，你知道，全身激素全部由脑部控制分泌，你可有与主诊医生谈过，你的新脑有无包括这一项功能？"

"她是尔泰医生。"

"原来是鼎鼎大名的尔泰医生，真未想到她的实验已达如此境界，不过，我们妇科也不赖，可以注射各类内分泌，保证胎儿以为母体正常。"

峨嵋心想：这孩子未出生就被蒙在鼓里。

"我们还在进行一项体外培胎实验，王小姐，你是理想参与者。"

"那胎儿——"

"胎儿也是实验一部分，仪器是代母。"

峨嵋冲口而出："为什么要那样做？"

---

[1] 爱克斯光：X光。

薛医生一怔。"人类求进步的天性促使我们做科学实验：为什么研究海洋生物，为何探索宇宙奥秘，这些，都为着满足人类进展。"

"医生，不能无为吗？"

"那么，王小姐，你为何来看医生？"

峨嵋词穷。

"你可以放心与伴侣说：王峨嵋绝对可以拥有亲生子女，过程可能复杂一点，但我保证婴儿健康活泼，并且你们能够选择性别，以及头发眼珠颜色。"

峨嵋吁出一口气。

"王小姐，科学昌明，凡事不要想太多。"

"谢谢你医生。"

"我期待再次见你。"

峨嵋又叹口气，在医生眼中，她简直是白老鼠、标本人。

"医生，我还有一个请求。"

"请讲。"

"医生，我想知道，我以前可曾怀孕，胎儿又长到什么程度。"

薛医生睁大双眼。

"我知道，病人本身应该知道，但我偏偏不复记忆。"

"啊，让我替你详细检查，那大概是多久之前的事？"

"我怀疑约五年前，在尔医生之前。"

医生说："不要紧，身体有记录，我可以准确告诉你。"

看护走进做抽血及抹片工作。

"我知你很心急想知道答案，但细胞做出精确口供需时，四十八小时后才可得知结果，你先回去吧。"

峨嵋垂头。

"那是过去的事，无论人类如何用功，都始终无法唤时间回头，不能挽回，多想无益，甚至知来也无益，我觉得王小姐你需要一个心理医生。"

"谢谢你医生。"

"不客气。"

"我可以走了吗？"

"今日与明日才最重要，今日谨慎，明日不会后悔，思虑令你心情不得舒畅。"

峨嵋告辞。

细胞有记忆。

峨嵋在路边等朱峰。

她喜欢路边，许多风景，她是观众，好整以暇，东张西望，那边有年轻母亲抱肉嘟嘟婴儿与长者对话，女佣站一边侍候，婴儿抓紧母亲衣襟，唯恐摔下，没想到小小人也有戒心，真可笑，其实大人小人均听天由命罢了，大可放开怀抱。

那边一个英俊少年手握鲜花糖果正在撮哄女友，那女孩尖脸大眼高鼻，每隔一会儿眨眨眼睛，完全像机械娃娃，但峨嵋知道她是真人，假人不可能这样假，假人自然得多，假人不会做得如此工整生硬与一味可爱。

新型号房车自动停住电召主人，穿着高跟鞋的小姐啪啪啪走近，车门打开，她上车，扬长而去。

峨嵋忽然感恩，她今日还在人世，视网膜看到的影像可以连接到脑部演绎成风景，真得多谢尔医生的科技。

这是她第二次机会，要好好把握。

朱峰来了。"想什么？"

"忽然长了脑，要好好利用。"

"我与王阿姨谈话，她说了一个小时。"

"为什么不知会我？"

"她不想你在场。"

"说些什么，我成年后与她总共谈话时间加一起也没有一个小时。"

"主要是交代财产问题，她送你一幢公寓作为妆奁，叫我们住得舒服些。"

——王太太说："听说你们住火车卡，靠太阳能发电，蓄雨水饮用，我不出手，你俩或会考虑在山洞茹毛饮血。"

峨嵋问："你们在何处聊天，她的牌友可在身边？"

"就在麻将房，牌友仔细聆听，但完全没有加插意见，真是万幸，只在阿姨略为过火之际使一个眼色。"

啊，品格不知高过多少好事之徒。

怪不得越来越多人选择与机器打交道。

峨嵋握住朱峰的手，严格来说，他俩也有一半是机械。

"真未想到你家境优渥，而阿姨如此慷慨。"

"我亦不知。"

"我见你持久辛勤尽力工作，满以为你是一般白领，可是阿姨说，你并不需要那份月薪，你大可优哉游哉过日子。"

峨嵋微笑。"每天晒太阳会焦皮烂额。"

"她定下你的月例，但据说你全数捐到了宣明会。"

"那不是一笔很大数目。"

"阿姨又说，让我小心你的财物，莫叫人蒙骗，很多时候，付出去的永不回头。"

峨嵋微笑。"她是一个没有工作能力的寡母，身边钱财，对她来说，非常重要，那即是一般人口中的棺材本，可是坏人阴毒，喜撬老年人这些积蓄。"

"她的语气比她真实年纪苍老，她的意愿是我俩有大事最好通知她一声，她有个朋友，子女恋爱结婚生子全不知会长辈，一旦财绌，嗲一声跳出气势汹汹讹诈。"

王太太举了许多欺老案件为例，各有巧妙，目的只有一个，最黑色幽默的是一对中年夫妇，近日被公司裁退，子女大学毕业仍住家中，七十岁父母却要供奉，逼得那位太太说："可否自杀？"

朱峰说："我从不知钱财或缺少钱财会带来这么大烦恼。"

他们去看过那层嫁妆楼宇。

峨嵋顿时觉得大难不死，必有后福。

"假如兴一与我们在一起就好了。"

"兴一已经自由，我们应该为她庆幸。"

"我的小公寓可要退租？"

"阿姨说：'各人的王老五之家不妨留着，吵架之际可有个去处。'"

峨嵋问：“你会与我吵架？”

“我想不会，我有个秘方，是深呼吸从一数到十。”

峨嵋一想到自身再世为人，根本不想吵闹。

翌日，她接到医务所通知：“阁下报告做妥，请约见薛医生。”

峨嵋立刻联络。

“你可想与医生面对面谈话？”

“必须。”

医务所空气有点冷冽，峨嵋老觉得她没穿够衣服，双手冰冷。

“王小姐，你好。”

医生坐到她对面。“别紧张，你想知道的数据，全在这里了，首先，王小姐，你在五年零三个月之前，的确曾经怀孕。”

峨嵋脸色灰败。“孩子呢？”

“胎儿在十一星期之际流产，她是个未生儿。”

“是女胎？”

“验明是女孩。”

“何故流产？”

“王小姐，相信你也知道，胚胎若觉环境不适合成长，许多会自动流产，有时连母体也不察觉。"

"十一周，有心跳了吧？"

"应该有。"

她把日期核对了下，流产不久，她走到地下铁路，纵身跃下。

她瘫痪在椅子上。

"王小姐，我已替你代约一位心理医生，她可以与你分析谈话。"

"胚胎呢？"

"胚胎是生化废物，已为院方处理。"

"他们没有灵魂？"

这时有人敲门，心理医生进来。"峨嵋，我是刘医生，让我回答你：其实，我们均无法证实灵魂一说。"

峨嵋凄苦地看着医生娟秀五官。

助手递一杯热可可奶给峨嵋。

好似她所需要，只是这杯热饮。

薛医生说："你俩慢慢聊，有事叫我。"

刘医生说："峨嵋，可以了解你受到了极大困扰。"

峨嵋已乏力说话。

刘医生知道得颇多。"可以想象，当年你爱惜这个胎儿，愿意抚养，失去她之后，你产生无可控制抑郁，以致轻生，峨嵋，当时你应即刻求助。"

峨嵋喉咙干涸，喝一口热饮，它真的有效。

"我会开一些药物给你，让你心理与生理准备从头开始，不是我悲观，我们除出重新出发，并无选择，你说是不是？"

峨嵋紧握双手，刘医生观点有趣，别具一格。

她说："真没想到尔泰医生的研究已经如此成功，我等惭愧。"

"尔泰已往儿童医院做研究。"

"听说她与小组将打造世上最优秀一代，把最佳因子注入胚胎：漂亮、聪明、智慧、健康、善良，让他们管理社会。"

峨嵋惊骇。

"把懒惰、自私、愚昧这些劣根性全部剔除。"

"懒惰也有因子？"

"你没听说'你那么懒全像你爸'这种话？"

峨嵋啼笑皆非。"这些超人，会得快乐否？"

"尔医生那组人会肯定他们生活愉快，凡事迎刃而解，没有烦恼。"

"我的天，那，他们还算人吗？"

"当然是人，与你一样，只是不同种类的人，不过，他们的造价甚高，非富裕家庭不能负担。"

"多不公平。"

"社会不公平现象已存在长久，一直以来，背景优渥子弟都得到良好教育、各种栽培，在社会较易出人头地。"

刘医生轻轻拍打峨嵋的手。"说到你，你也有特殊优势，叫我羡慕。"

"呵，刘医生。"

"我建议我俩每周谈话，但我知你不会认同。"

"你全猜中。"

"倔强是好事，百折不挠。"

峨嵋用手大力搓脸，五官渐渐恢复知觉，一定要倔强地生活。

薛医生与助手进来，给峨嵋一包药物。

"是何种精神科药物？"

"好多种维他命[1]以及无腥鱼肝油丸。"

---

[1] 维生素（Vitamin）。

"谢谢。"

"峨嵋，求助并非懦弱行为。"

"明白。"

但是，她却不打算把这一天的经历告诉母亲或是朱峰。

母亲的责任在女儿廿一岁成年之际已经完毕。

而朱峰，他负责他们的将来，不是过去。

王峨嵋与朱峰定好日子注册结婚，在报上发表简洁启事。

真没想到那么多亲友前来祝贺观礼：两人的同事全挤在注册处。"他们一定不会请客，所以要在这里祝贺他们。"

忽然之间，四团毛球汪汪连声滚进大堂，在峨嵋膝下不住扑跳。

峨嵋抬头，兴一到了。

她躲在什么地方，为什么不露脸？

"朱先生，朱太太，请到这边签名。"

仪式在你推我挤之下完成。

朱峰一直用左臂护住王太太，右臂护住峨嵋，一点也不气恼，微笑着，高高兴兴护花。

他扬声，"大家请移步往蓝天堂酒馆喝一杯，已订座及付账。"

峨嵋一怔。

朱峰接着轻轻说："我们不用出现，他们不会知道。"

峨嵋掩嘴而笑。

再转头，四只小狗已经不见。

兴一似神秘女侠，越来越有一手。

回到火车卡，朱峰说："结婚了。"

他累得一侧头便睡着。

他躺下格，峨嵋在上格。

过一会儿，她想，已经结婚，于是她挤到下格，躺到朱峰身边。

他并没有醒转，鼻气呼呼，不知怎地，峨嵋落下泪来。

两个残缺的人，终于在一起生活，她相信关系可以持久，因为，他找不到另外一个她，她也找不到另外一个他。

后　记

Ad interim[1]

这一对的生活也不是没有挑战。

每天应付生活，对任何人种来说，都会筋疲力尽，接着气粗声大。

两人工作都忙，开头为争取见面时间，把可以放的假期全部预支，又再向同事借假，此刻都得偿还，周末全需开工。

家务无人打理，头痛。

几个机器家务助理试工，都不叫他们满意，美国制造的金属家佣粗手大脚只会做汉堡、炸鸡以及烧猪排，吃得脸上长痘。

———————————

[1] 暂时，临时。

荐工所说："没有别的牌子，朱太太你容忍些，孩子们喜吃那些。"

峨嵋逐个辞退，蜘蛛型机械工叫她害怕。

脏衣服堆积如山，朱峰有洁癖，一天换两三件衬衫，洗都来不及洗。

救命。

然而，忽然有一天，朱峰建议到火车卡小住两日，避一避静。

两日过后，回到新居，发觉公寓三房两厅一露台焕然一新，屋内摆着白色栀子花，原来夏季又到。

全屋一尘不染，衣服全洗烫干净挂在橱内，冰箱里有各式京沪小菜，桌上一大壶金银菊花茶，用来解暑。

峨嵋几乎流泪。"莫非妈妈来过？"

"是她的家务助理，以后每星期相帮一次。"

"我俩几乎离婚。"

"你那么靠不住？"

"家里乱得不敢回来。"

"你看你多么经不起考验。"

"原来最折磨人的是生活细节。"

她开启浴室灯光。"哟，连灯泡都换过，以前，只有兴一手脚如此敏捷。"

这个危机总算解决掉，那家务助理甚至会得做疙瘩沪菜，如葱烤塞肉河鲫鱼。

峨嵋怃地感激母亲大人。

联络好几次，母亲都在街外活动。

一日，她说："我在参观福地，你要不要来？"

Carpe diem[1]

峨嵋向朱峰发牢骚："那是什么意思，觉得人世无味，盼望早登极乐，是我不孝之故？"

"你误会了，王小姐，这是阿姨的智慧：凡事亲力亲为，不去麻烦下一代，自选福地，自付费用，到时候，只需一声通知，即有专人前来办妥一切，这是值得效法的一件事。"

"这不是等于告诉子女，她行将就木吗？"

"此事迟早会得发生，无须逃避。"

"不，不。"

---

[1] 活在当下，及时行乐。

"你看你，不舍得便趁现在多去看阿姨。"

但是王太太应酬繁忙。

她在锦荣福地找到母亲。

那像一座极大的公园，丛林大树参天，永不落叶，绿茵处处，只是少了嬉戏孩童。

每隔一段路有一张长石凳供访客休息。

王太太说："就是这一福地。"

"为什么有好几个位置？"

"将来你们贤伉俪用得着。"

"老妈，"峨嵋流泪，"生养死葬应由我们负责呀。"

"你们哪儿有时间？"

"想到这些我好不心痛。"

"痴儿。"

叹人间美中不足今方信。"刚有好日子过，又遇生离死别。"

王太太到管理处交上支票。

管理员说："王小姐，我们这里背山面海，景观优美，碑文全部妥当安装，整洁斯文，你一定喜欢。"

像介绍推荐人间居所一般。

王太太说："我约了赵钱孙太太她们玩草地滚球，你若不怕晒黑，可一起来。"

"我回家休息。"

回家哭得眼肿。

朱峰说："阿姨刚强，才会自理身后事，你看你，还不用担苦差就手脚放软哭个不停。"

"你不再爱我，肆意批评。"

"每天下班去探访她。"

Corrigenda[1]

第二天下班，她买了糕点回娘家，开门进屋，看到三名牌友正在聊天。

"王小姐来了，正好加入一起游戏。"

"家母呢？"

"出去打球，她最近冷落我们，医生叫她出外呼吸新鲜空气运动四肢，别老孵家里不动，这下子可难为我们。"

王太太忘记闩开关。

"你们干什么？"

---

[1] 需要改正之处。

"搓三人麻将，你说，多荒谬。"

峨嵋只得笑。

她进厨房做一大杯咖啡。

"这些日子，就你们陪着家母？"

"是呀，我们上天入地无所不谈，她连金先生趣事都告诉我们。"

峨嵋不出声。

"她说金先生后期老向她要钱，原来是独自到跳舞厅看脱衣舞，其实那些舞娘全是假人，剥光来做毫无廉耻，多奇怪，假人看假人。"

"好了好了，王小姐会不高兴。"

"王小姐落落大方。"

"王小姐并不歧视我们，王太太说，她女婿一半是机械人，是不是，双腿全是假的。"

峨嵋一声不响喝咖啡。

"那位朱先生恁地英俊，但听说全身烧伤，皮肤也是人工，王小姐，是不是？"

峨嵋不置可否。

这三个牌友已经成精，把自人类处听的消息融会贯通、消化再造，编成是非，换句话说，同好事之徒，一点分别也无，更青出于蓝。

峨嵋替他们可惜，学坏学得这么快。

"王小姐，王太太嘀咕你怎么肯嫁那么一个人，其中一定有原因，我们是老朋友，知道什么也不会传出去，但说无妨。"

峨嵋轻轻说："这——"

他们露出好奇反应，头探近，要听仔细点。

"王小姐，你可有见过朱先生真相，你可知他原形如何，你没有好奇心？"

峨嵋张嘴，像是要讲话。

他们更加专注。

峨嵋趁他们不备，迅速伸手，啪一声把开关掣熄掉。

那三个说是非的机械人动作停在半空，他们头发已经凌乱，衣衫脏旧，王太太并无专心加以打理他们。

峨嵋轻轻站起，拔掉插头，断绝电源。

她在厨房抽屉找到一枚小电钻。

她启动电钻，吱吱发响，她把机械牌友的假发摘掉，露出天灵盖，电钻刺入搅动，发出轻微火花，啪啪声。

连做三次。

她拆开这三具机器，把诸零件放进垃圾袋，分几次取出扔掉。

留下字条："妈妈改变消遣习惯真是好事，牌友牌桌已经扔掉。"

她忙出一身汗。

把是非之辈处理掉，大快人心。

她不动声色回到家。

在门口，忽见细小人影一闪。

峨嵋警惕。

"什么人，出来。"

那人躲在一角。"对不起。"

峨嵋一听那声音，心酸放软。"兴一，是你。"

Alter ego[1]

小个子缓缓走出，仍不愿接近。"王小姐好记性。"

"兴一，你怎么换了身躯？"

---

[1] 密友，至交。

"女工那具不方便，我索性叫熟人换一具男孩二手躯壳。"

峨嵋心酸。"你看你，多褴褛。"

"朱先生也那么说。"

"什么，他比我早见过你？"

"是他把我找来帮忙做家务。"

"这个人找死，竟瞒着我。"

"王小姐，真想不到你见到我如此高兴。"

"过来，兴一。"

她俩紧紧拥抱。

"你搬回来，我俩互相照顾，像以前一样，我替你打扮，你做菜我吃。"

"我每星期来做家务一样，我喜欢住外边。"

"外头冰冷。"

"我已习惯。"

"你出去多久了？"

"一年有余。"

"四只小狗可好？"

兴一垂头。"王小姐，多宝已经不在。"

"啊。"

"你说得对，短暂相聚，别离甚苦。"

"不说这些负能量之话，兴一，你我重逢，高兴还来不及。"

"我还得小心躲避民政署追索。"

"我立即回总部把你的记录完全摘除，只当你从来不存在。"

"王小姐，那是犯法的事。"

"你别管我。"

接着，她召兴一入屋，替她梳洗，整理容颜，这时才发觉她拥有十二三岁少年躯体，穿上朱峰的白衬衫卡其裤，虽然大了几号，看上去倒也清爽神气。

兴一与王峨嵋重逢，也高兴得不得了，在外见识过这些日子，她可以毫不犹疑地说：坏人比好人多，但世上至少有王小姐与朱先生真心爱惜她。

朱峰回来，看到兴一，有点尴尬。

峨嵋说："我原谅你。"

朱峰说："皇恩大赦。"

司机送兴一回去，诉苦："我呢，我几时也换一个躯壳？"

兴一没好气。"你想换成什么？"

"月份牌美女：长鬈发、大胸脯，会像啫喱那样震荡，细腰……"

"越发猥琐你。"

"成日坐在驾驶位多闷。"

"现在有全自动车子。"

"兴一，你不喜欢我。"

"咄，你在乎什么，你我又无可能结婚。"

"朱先生与王小姐结婚那天，两人可甜蜜了，对望着也不说话，可是喜滋滋不停地笑，人类真奇怪，喜怒哀乐，毫不隐瞒。"

"所以他们是人类。"

"聪明、非常精灵，不然怎么研发我们，但是太过滥情，浪费大量时间精神，不能专注进化。"

兴一亦好奇。"他们来自何处？"

"他们也有创造主。"

"好似亿万年都无甚改进他们构造。"

"他们研究基因儿童已有多时。"

"啊，怕要完全淘汰原有因子。"

"你怕什么，兴一？你只是一名家务助理。"

"司机，闭嘴。"

Errare est humanum[1]

刘医生再次见到王峨嵋，有点意外。

"噫，王小姐，幸会。"

"我有难题。"

"你这么聪敏的人，有事一定可以先进行自我开解。"

峨嵋不出声。

"坐下慢慢说。"

"我的事，你与薛医生都知道。"

"你的秘密很安全。"

峨嵋吁出一口气。

"新婚生活想必愉快。"

"超过所想所求。"

"这是我想听到的话。"

"但是，有一件事。"

"峨嵋，贪多无益。"

_____

[1] 人无完人。

"不，不，我只是想知道。"

"峨嵋，好奇杀死猫。"

峨嵋气馁。"医生你玻璃心肝，透明肚肠，没开口，你已什么都猜到。"

"你还想知道什么？你可以顺利怀孕，经过若干手续步骤，便能得到最乖巧听话伶俐有天赋的孩子，我们已成功剔除婴儿夜哭因子，育婴轻松得多。"

峨嵋微笑。

"还有什么疑问？"

峨嵋再三思考，终于开口："朱峰的全身皮肤，都属人造。"

"见过的人都啧啧称奇，据说由你亲自督导设计，这为如意郎君四字重新做了批注。"

"但是，医生，底下的真实朱峰模样，是何种相貌？"

刘医生一听，脸色顿变，沉默不语。

"医生，如果他对我俩关系有信心，应当有勇气以真面目示我。"

医生气恼。"现在我开始明白为什么男子会觉得女性麻烦讨厌，要了星星还要月亮，可是这样？"

"但，一辈子对着假皮相——"

"你不耐烦可以离开他，他与尔医生已经做到最好，你还有什么不满意，做皮影戏，好歹别戳穿纸幕。"

"那不是真人。"

"你又可是真人，朱峰若提出同样要求，王峨嵋，你只是一具行尸，每个人都有过去，take it or leave it[1]，怎可咄咄逼人，强人所难。"

峨嵋低头。

"从未见过如此贪婪不合情理的人，我要讲的已全部讲完，王小姐，我不愿再担任你的心理指导，请另聘高明。"

"你应当帮我。"

"王小姐，请即刻放弃该不良意愿。"

峨嵋不知道应该怎么做。

夜深，她辗转反侧，机械人离间谗言不住在她耳畔重复：你可有见过朱先生真相，你可知他原形如何。

你可有好奇心？

"王小姐，你听过白素贞的故事吧？"

---

[1] 要么接受要么放弃。

"那只是一则神话。"

"还有赛姬遭她母亲挑拨：'你不想看看那黑暗中来见你的爱人真相，可能是只怪物呢。'赛姬终于忍不住，点着蜡烛，看到爱神丘比特原形，原来是秀美无匹的少年人，惊喜之下，烛油滴醒丘比特，飞逸无踪，永生不能见面。"

刘医生站起送客。

在医务所门口，峨嵋虚弱地说："他爱我，他不会离弃我。"

刘医生不再说话，只是瞪着她，好似不明白这冰雪聪明的人工脑女子怎么会在爱欲中变得如此愚昧，真相，什么是真相？人类唯一真貌是在胎中优哉游哉自由荡漾之际，一出娘胎，面对强光高声气压，顿时不适哭泣，不得不做出适应，那已不是真相。

刘医生不欲对峨嵋多讲，看着她离去。

有医德的她与尔泰通话。

尔泰听后怔住作不得声。

"你的杰作。"

"你声音为何带揶揄之意，幸灾乐祸？"

"这是人类天性，我妒忌呀，见你出错，人工思维居然也贪得无厌，嘻嘻。"

尔医生说："我马上钻研设计图，照说，朱峰一切由她设计，连胸肌的面积实度都一丝不苟，她为什么要看他真貌？"

"你找她谈话，以免造成不可冰释的误会。"

"明白。"

那边王峨嵋回到事务所，第一件事，便是帮兴一一个大忙，她找来心腹同事，通过多重手续，终于成功把兴一这个机械工人的记录完全摘除，过程并非太过复杂，同处理一架废车一样，世上已没有兴一存在。

不过，哲学家会有疑问：由始至终，兴一，她到底存在过吗？

第二件要事，她找来另一名可信同事，追溯朱峰来历。

"他是国防部要员，需要破解多重密码。"

"没有解不开的密码。"

"王小姐，有一句话不知该不该说。"

"说。"

"朱先生是你配偶，这等于从前找私家侦探追踪丈夫一样，实属愚昧。"

"我不是要你的意见。"

"外边有黑市地下组织或有能力破解。"

"请速联络他们。"

"王小姐，三思。"

峨嵋只得点点头。

为何有如此强烈好奇心，她自己也不能解释。

秘密档案还没有找到，尔医生要求见面。

峨嵋踌躇，去，还是不去。

她的创造主有呼召力量。

一方面，她把丈夫抱紧紧，朱峰纳罕，"这是为什么，你越发像个小孩？"

峨嵋不出声。

"你最近有点古怪，情绪低落，许多人在热闹婚礼过后恢复日常生活都会有反高潮寂寞。"

峨嵋趁他睡熟，坐在一角，在幽暗光线下看他。

朱峰侧着身，睡态都漂亮，他有不老不皱的肌肤、手肘、膝头，脚底全无老茧，看到妻子用磨砂膏洁肤，视为奇事。

他的呼吸声不高不低，甚至悦耳，都经过设计调校，这是一个完人。

半夜，消息来到。

街外专业人员如此报告："朱峰君资料绝密，只查到，朱君左边太阳穴近发线有一微小空隙，可用工具撬开面具，内部机关可瓦解全部义肢，但，对朱君会造成生命危险。"

啊。

她一连数晚查视丈夫发线，找许久，才看到一颗肉痣有可疑，就是这里，这是他的开关，用一枚较粗的钢针，或可把他撬开。

真的要那么做？

朱峰做错什么，要命丧在一个如此鲁莽的女子手里。

峨嵋心悸没有动手。

她尽一切努力赶走心魔，情绪略为稳定，对朱峰更加痛惜，百般迁就，甚至表演她那手不能下咽的厨艺，又把白衬衫全熨得蛋壳色。

她也储蓄足够勇气去见尔医生。

尔泰冷冷地说："你终于来了。"

峨嵋摊摊手。

"你的情绪有问题。"

"已尽量克服。"

"还是做得不够好，你找人打进我的数据库可是？对方很有办法，已经取得若干信息。"

峨嵋不出声。

"你没听过老掉牙的一句话：夫妻间最要紧是信任。"

"我也渐渐想通。"

助手斟咖啡进来。

"朱峰若果知道，会伤心绝顶。"

峨嵋羞愧垂头。

"告诉我，是什么人教唆你那么做？"

"我自己魅由心生。"

"幸亏你一贯没有委过他人的习惯。"

峨嵋缓缓喝着咖啡。

"你可知我找你何事？"

"狠狠教训。"

她忽然打一个哈欠。

然后，放松四肢，舒服地一侧头，闭上双眼。

尔医生站起，助手进来。

她熟手把王峨嵋搬上轮椅，罩上氧气，盖上薄被。

助手先行，尔医生跟在身后通过走廊，往升降机。

两人都沉默没有说话。

这是一所儿童医院，升降机内有一骑在三轮车上的幼儿，正打点滴，戴着医护头盔，很明显做过手术不久，她好奇看着峨嵋。

半晌问："姐姐睡觉？"

助手点头。

他又说："今日我生日。"

升降机门一开，只看到七彩气球，他的亲友大声高呼："生日快乐。"

他被簇拥而去。

尔医生打开一间实验室门，推进病人。

助手与她把峨嵋抬上手术台。

两人仍然没有说话。

医生替峨嵋梳理头发，在头顶一处，找到一点黑斑，用尖锐刀尖轻轻一撬，由气压控制的天灵盖缓缓升起，露出内容。

只见内里无数细微得肉眼不能细视的零件，有点微微闪亮，正在操作。

接到荧屏放大，总算看到纹路色彩，犹如在太空拍摄地图，清晰可见山脉河流。

尔泰出声："这里。"

"是完全截断吧？"

"不，只堵塞十分之一头发那么宽。"

"但，这样，病人始终拥有若干记忆，天性会叫她抽丝剥茧，追踪真相，那多麻烦。"

"完全堵塞，她会像一具机械人。"

"病人根本一早是机械人。"

"她不觉得。"

"真奇怪可是，丈八灯台，照得见别人，照不见自身，还有，兄弟眼中一根刺他看得一清二楚，自身眼中的梁木，视而不见。"

尔医生得意微笑。"完全像真人。"

助手取过仪器，在那位置轻微一碰。

王峨嵋的脑盖缓缓合上。

尔泰吁出一口气。

助手说："天衣无缝。"

尔医生答："同天工比，差远了，像刚才电梯里六岁四〇一号病童，他的脑袋，每十年需要换一次，若是女孩，七八年便要更新。"

"因女性思维功能缜密高超得多。"

"正是。"

他们把王峨嵋扶起，搬出轮椅，推出手术室。

然后，帮她坐好。

当然，不忘换一杯咖啡。

助手出去继续她的工作。

隔了一会儿，峨嵋醒转，她睁开双眼，有点纳罕。"我刚才说到哪里？"

尔医生若无其事提醒："王阿姨六十大寿，你要请客吃饭。"

"是，是，家母只打算邀请你及她几个朋友，你一定要拨冗，我们只有一桌，少一人不可。"

"为什么不热闹些？"

"六十岁了，黄昏岁月，不想大搞。"

尔医生点点头。

"我不多说了，我要替她打点首饰衣衫，咦，我的电话呢？朱峰可有找我？"

她喝一口咖啡。

有人敲门，正是朱峰到了。

峨嵋嗲腻走近，半个人挂在丈夫身上，笑嘻嘻，一只手搓他耳朵。

尔医生看不过眼。"大庭广众，肉麻当有趣，实在看不下去，要如此肉酸才嫁得出去，不如不嫁。"

"你妒忌。"

尔医生笑。"可不是，我妒忌。"

峨嵋高高兴兴挽着朱峰手臂离去。

王峨嵋，从头到尾，不是一个活着的人。

图书在版编目（CIP）数据

衷心笑 /（加）亦舒著 . -- 长沙：湖南文艺出版社，2021.7
ISBN 978-7-5726-0193-4

Ⅰ . ①衷… Ⅱ . ①亦… Ⅲ . ①长篇小说—加拿大—现代 Ⅳ . ① I711.45

中国版本图书馆 CIP 数据核字（2021）第 094520 号

上架建议：畅销·小说

ZHONGXIN XIAO
衷心笑

作　　者：[加] 亦舒
出 版 人：曾赛丰
责任编辑：匡杨乐
监　　制：毛闽峰
策划编辑：李　颖　陈　鹏
特约编辑：周子琦
营销编辑：刘　珣　焦亚楠
版权支持：姚珊珊
封面设计：尚燕平
版式设计：李　洁
出　　版：湖南文艺出版社
　　　　　（长沙市雨花区东二环一段 508 号　邮编：410014）
网　　址：www.hnwy.net
印　　刷：三河市兴博印务有限公司
经　　销：新华书店
开　　本：775mm×1120mm　1/32
字　　数：131 千字
印　　张：7.75
版　　次：2021 年 7 月第 1 版
印　　次：2021 年 7 月第 1 次印刷
书　　号：ISBN 978-7-5726-0193-4
定　　价：49.80 元

若有质量问题，请致电质量监督电话：010-59096394
团购电话：010-59320018